# 星の落ちる島

小島環

The Island of the Falling Stars

Kojima Tamaki

二見書房

星の落ちる島

# CONTENTS

装幀　坂野公一（welle design）

装画　孳々

第一章

# 彗星の天命

# I

善載《ぜんさい》元年の十二月十七日、王義英《おうぎえい》は大きな屋敷の裏路地にいた。満月の光があたりを照らしている。今日は都合が良くない日だ。けれど、今日でなくてはならなかった。

「夜《よ》風《かぜ》、行こう。急がないとあの子が死んでしまうよ」

義英が小さな声を掛けて駆け出そうとすると、軽く脛《すね》を叩《たた》かれた。見下ろすと、老いた黒猫がいた。瞳が月の光に輝いた。右が青、左が金だ。

——もう少し待つのだ。

とても忠告したげに、夜風と呼ばれた猫は義英の顔を見据える。

「ああ！　もう、わかったよ」

義英は焦《じ》れながら時を待った。夜風が耳を澄まし、鼻を利かせている。

まもなく、夜風が義英の肩に飛び乗った。義英の肩を踏み台にして塀にのぼると振り返る。

——早くせよ。見回りが来るぞ。

同じ言葉は喋《しゃべ》れないが、お互いに何を言いたいのかは伝わる。

義英は一つ頷《うなず》くと駆け出した。一呼吸で壁を二歩蹴り上げる。身体は宙に舞い上がり、次には夜風の隣に降り立った。

屋敷を見下ろすと、洞門《どうもん》を潜《くぐ》って中庭に辮髪《べんぱつ》の男たちが現れた。提灯《ちょうちん》を手にした見回りの者だ。中庭には遥《はる》か南方から運ばれた奇岩と樹木が植えられ、池には橋が架けられている。中庭を囲む回廊を、軒下の灯籠が紅《あか》く照らしていた。

警備が厳しいな。

義英は夜風を先導にして見回りの者を避けながら、屋敷の正房《せいぼう》の隣に造られた東耳《とうじ》房《ぼう》（大部屋）に向かった。

真鍮《しんちゅう》の錠前が掛けられている。

鍵穴は、鍵と錠の形が一致した時にまわる仕組みになっている。義英は懐から革の包みを取り出した。先端が複雑な二十四本の鉄の棒と、三種類の細長くて折れ曲がった鉄の棒がはいっている。

義英は急《せ》く心を抑えながら、まず二十四本の中から一本、棒を選ぶと錠前の鍵穴に差し込んだ。鍵の形を感覚でよみとり、先端が丸形になっている棒と取りかえた。左手に折れ曲がったほうの棒を持ち、少し力をくわえる。二本の棒を差し込み、錠前の対応部分を押さえる。

ものの十五秒もしないうちに開錠できた。

東耳房に忍び込む。花窓から月明かりが差し込んでいた。天井にはいくつもの灯籠があるが、今は灯火がつけられていない。東耳房には、紫檀《したん》の彫物、螺鈿《らでん》細工、七宝の小箱があり、黒檀の棚には舶来の時計が置かれ、壁には油絵が掛かっている。金、銀、宝石で彩られた装飾品が数多《あまた》置かれた卓には、玻璃《はり》の鏡がついていた。

鏡には、漆黒の髪と瞳をした王義英が衫《さん》と褲《こ》を着た姿で映っていた。手足は長いが、まだ少し線が細い。大きな瞳をして、顎はつんと尖《とが》っている。背まである髪を一つに縛り上げ、眉間に皺《しわ》を寄せていた。

義英は部屋の中央に置かれた円卓に、拳を思い切り打ち付けてやりたくなった。ここは屋敷の主が集めた宝を観賞するためだけの部屋なのだ。

ふざけるな。これだけあれば、どれだけの命が救えると思っているんだ。

胸元から布を取り出すと円卓に広げた。両腕幅ほどの正方形の麻布だ。使い込んでいるので、柔らかくなっている。義英は片っ端から箱や抽斗《ひきだし》を開けていった。銀器を踏み潰して、塊にして布の上に置いた。玉と書画を見つけたので、銀器の上に重ねた。

夜風が義英の足許を撫《な》でるように過ぎると、そのまま背を向けて扉へと向かっていく。

「夜風、あと少しだけ」

夜風が不満そうに目を眇《すが》め、尻尾で音も立てず床を左右に叩く。

「くそ、しかたないな」

夜風が匂いを嗅ぐ仕草をしてから東耳房の扉を押した。義英は獲物を布で包んでから背負うと、外の気配を窺《うかが》って扉を開けた。

軒下の吊《つ》り灯籠が眩《まぶ》しい。義英は懐から『彗星王《すいせいおう》』と記した紙の札《ふだ》を出すと、扉の間に挟んだ。錠前を掛けなおして、夜風と並んで屋敷を去る。

忍び込まれたと知ったら、屋敷の主はどのような顔をするかな。

義英は鼻を鳴らすと立ち上がり、今度は都市に目を向けた。扇の形に広がる港町だ。天には月が浮かび、数多の星々が輝いているが、富裕層の住まう地区のほうが明るい。地上の銀河は、市場に通じている。

夜風が塀の上から石畳の路地に飛び降りた。音はない。義英もまた、足音を立てずに降りると風とともに走り出した。

## 2

市場には商店が楼をつらねている。それぞれが店の牌《はい》を掲げ、灯籠を吊るしていた。義英は人ごみに紛れながら阿片窟へと向かった。辮髪でなくても気にされない。道士とでも思われているのだろう。もっとも、このような界隈《かいわい》に足を向ける道士など、相当の生臭者だが。

古びた煉瓦《れんが》造りの店を選んで入る。薄暗い店内は温かかった。燭台《しょくだい》が置かれており、茣蓙《ござ》を敷いた寝台に男たちが横たわりながら阿片を吸っていた。荷物を担いだ義英の姿は目に映っているはずだが、夢心地で気がついていない様子だ。

阿片の甘ったるい煙たさに包まれながら義英は店の奥に進み、帳《とばり》を開いた。白髪の老婆が、仕切りを兼ねた長い台に両肘をついて顎を乗せていた。

「あんたもようやく試してみたくなったのかい？」

老婆がにやりと笑った。

老婆は化粧をして、ふくよかな体を綿入りの上衣で包み、銀の簪《かんざし》、真珠の耳飾り、玉の指輪をしていた。

「見せたい物がある」

義英は老婆にいつもの返事をした。

阿片は、義英が物心つく頃にはすでに存在した。異国から密輸されて、急速に世間に広まった。阿片窟は今もなお年々と増え続けている。それほど人々を虜《とりこ》にする阿片とはどんなものか試してみたくはある。だが、阿片を吸っている男たちの見苦しい姿は目のあたりにしているし、夜風が危険だと止めるのでやったことはない。

「それじゃあ下で話そうか」

老婆は手を叩いて使用人を呼ぶと店番を任せた。義英は長い台の端についている戸を開けた。老婆に続いて階段を降りる。だんだんと空気が冷えていく。

長い通路にいくつもの扉がついていた。老婆は正面の扉を開けると中に入っていった。通路の奥は曲がっていてまだ先が続いているようだ。けれど、どこに通じているかは知らない。お互い詮索はしないようにしている。

部屋に入ると、老婆はすでに机に座っていた。周りには棚があり、箱や壺《つぼ》が並んでいた。

義英が扉を閉めると、老婆は机の上を指で叩いた。

「今夜はどこから盗ってきたんだい？」

「どんな物だって、黙って買いとってくれるのが婆さんだろ」

義英は背負ってきた荷を解《ほど》いて、机の上に並べた。

老婆が目を見開き、書画を開いて確かめながら喉を鳴らして笑った。

「あんたも末恐ろしい坊やだね。その首にどれだけの褒賞金が掛けられているかわかってるかい？」

それがどうした。

義英は内心で毒づきながら老婆の鑑定を待った。

老婆は手近な壺を手に取ると蓋を開けた。中には銀子《ぎんす》がぎっしりとおさめられていた。老婆が銀子を摑《つか》んで、百枚ほど机に載せた。

「少ないな。貧しい者は少しも減っていないし、また流れ着いた者たちが助けを求めて集まっているんだ」

義英が言ったとたんに夜風が机に飛び乗って、銀子を尻尾で叩いた。

「ああ、値を上げろってんだね。まったく妙な猫だね。小さい頃に見た黒猫も不思議だったが、こいつもその猫によく似てるんだよ」

「初耳だな。この街で見たのか？」

「いや、帝都でさ。あの珍しい目が忘れられないよ。人の言葉もわかったみたいだし、もしあの時と同じ猫なら、もうとっくの昔に化け猫になっちまったんだね」

老婆は薄気味悪いと言いたげな顔で、銀子をもう一握り上乗せした。

夜風は、孤児になって野犬に追い回されていた義英の前に現れた猫だ。出会った頃から老いた猫だった。こちらに来いと言われた気がして、ついていったら垂髪で道士の格好をした先代の彗星王と出会った。

先代と夜風は相棒だった。義英は次第に先代が道士などではなく、義賊だと気づいたが逃げなかった。王朝のありかたを嫌って辮髪を拒み、民のために抗う彗星王の姿に憧れを抱いた。だから弟子として、武術と盗みの技術を教わった。

先代はもう亡くなったが、義英が彗星王の名を引き継ぎ、夜風はそのまま義英の相棒におさまった。夜風は耳が良く、鼻の利く猫で、義英をいつも助けてくれる。

「化け猫だとしてもいいさ。俺たちの関係は変わることはない」

「人生ってのはね、変わりたくなくても変わらなきゃならない時が来るのさ」

老婆は銀子を袋に入れて義英によこした。確かに、老婆が言うとおり、日々何事も変化していく。先代の彗星王に拾われた時に義英の人生は大きく変わった。だが、夜風とともにいる限り、受け継いだ勤めを果たすまでだ。人生にだって、変わらないものはある。

けれど、義英はそんな話を老婆とする気は微塵《みじん》もなかった。自分の事情をあまり明かすべきではないという教訓を、先代の彗星王から受けているためだ。過去を知られることは、弱みにもなる。

金にさえ換えてくれれば、阿片窟になど留《とど》まる事情はない。

袋を摑み取ると、義英はすぐに店を飛び出した。

光のある市場から、暗闇の貧民街へと向かう。貧民街の住民には灯《あか》りをともす油を買う余裕などないのだ。

石畳が途切れ、道が狭くなった。義英は塀を駆け上り、一軒の家に入った。扉を叩くと、すぐに三十代半ばの男が飛び出して来た。

「約束の金だ。これですぐに子供を医者に診せてくれ」

「彗星王様！　ありがとうございます。感謝いたします！」

「いいんだ。生まれたばかりのあの子が、どうか幸せになれますように」

銀子五枚を手渡すと、義英は再び塀を駆け上り、屋根瓦に飛び移った。小さな家々が狭い区画にぎっしりと無秩序に建てられている。

「それじゃあ配るか、夜風！」

銀子一枚を『彗星王』の札につつんで、戸口に投げ入れて行く。これだけあれば、一か月は温かい食事がとれるだろう。

川の側の崩れた土塀には、板が立て掛けられていた。慰めにもならない屋根と壁だ。この陰にはきっと浮浪児たちが身を寄せあっている。灯りどころか竈《かまど》の煙さえ滅多にあがらない。これが貧民窟の実情だ。

また、数が増えたな。帝都に住まう皇帝は、いったい何をしているのだ。かつては黄金の一族と呼ばれ、国を豊かにした皇帝もいたと聞くが、今では各地で起こる反乱の鎮圧にあけくれ国を疲弊させている。

道端に、破れた麻袋を被って寝ている者がいた。十二月の寒さだ。このまま死ぬかもしれない。義英は横たわった男の側にある茶碗《ちゃわん》に狙いを定めて、銀子と札を投げ入れた。男が音に気づいて目を覚ました。

茶碗の中を見て、「彗星王だ！」と叫んだ。男の声は、静かな夜によく響いた。

気づかれたか。

夜更けなのに、方々から彗星王の名を呼ぶ声があがり始めた。

「彗星王だって？」

「いつもありがとうございます！」

「これで新年を迎えられます！」

「あなたのおかげで、生き永らえました！」

貧民街がにぎやかになっていく。悪い気はしなかった。かつて困っていた自分を救っているような心地だ。にやけそうになる唇を手で押さえて、さらに銀子を配った。

夜風が前に飛び出て、西の方角を見た。背中の毛が逆立っている。

——そろそろ奴らが来おるぞ。

紅い提灯の光が列をなして近づいてくる。警吏たちに違いない。

夜中なのに、ご苦労なことだ。

義英は袋を振った。もう少し銀子が残っている。

「地べたを這《は》うことしかできない奴らさ。俺たちを捕まえられっこない」

義英は夜風を促すと、屋根から屋根へと飛び移り、さらに銀子を投げ込んでいった。

「彗星王！　もう容赦はせぬぞ！」

怒声が近づいては遠ざかる。迷路のような貧民街だ。道は複雑に入り組んでいる。思うようには通り抜けられない。警吏の顔が見えるほど近づくが、義英はひらりと別の屋根に飛び移る。

「何が義賊だ！　この盗人め！」

警吏が義英を罵倒する。

税と賄賂で太ったおまえらより、よっぽど人を助けているさ。

義英は家々の屋根や塀を飛び跳ねて、道なき道を進んだ。袋が空になったので、警吏を右や左に走らせてから間隔をとり、一軒の小さな家の庭に下り立った。庭には草が茂っている。夜逃げした一家の空き家だ。いまは義英と夜風が隠れ家として使っている。

「さぁ、休もう」

明日からは道士の服に着替えて、また新たな獲物を探さねばならない。

夜風に呼び掛けた時、夜風が突然、背を弓なりにさせて威嚇した。何かに対して物凄《ものすご》い怒りを向けた。

瞬間、家の窓が蹴破られ、帽子をかぶり官服を纏《まと》った警吏が飛び入ってきた。

「いたぞ！　彗星王だ！」

警吏の持った抜き身の刀が唸《うな》りを上げて風を巻く。気合とともに打ち込まれた斬撃を、義英は身を捻《ひね》りたやすく躱《かわ》した。そのまま回転して繰り出した沓先《くつさき》が相手の顎を鋭くとらえる。のけぞる体の中心に更に掌底の一撃をくらわせた。

弱い。たいした使い手ではない。これなら先代との稽古のほうが厳しかった。

ただ、役人はいくら倒しても減ることはない。あとからあとから蝗《いなご》のように涌《わ》き出して襲いかかってくる。警笛が鳴った。警吏をさらに呼び集めようというのだろう。

身を伏せていた夜風が突如として宙を舞った。

——余もやるぞ！

夜風が警吏の顔に飛びかかって引っ掻《か》いた。警吏が傷ついた瞳を腕で押さえながら、うずくまる。夜風はさらに、別の警吏を襲った。

「こいつ、この猫っ！」

槍《やり》を持った警吏が夜風の体を無理やり引き剝がして、地面に叩きつける。悲鳴を上げた夜風はぐったりして動かなくなった。

「夜風っ!?」

義英は警吏の槍を力づくで捥《も》ぎ取った。素早く構え、石突きのほうで眉間を打ち抜く。崩れ落ちる先は確かめない。それよりも夜風だ。義英は急いで地べたに伏せている夜風をすくい上げた。

息はある。気絶しているのか。義英は夜風を懐に入れて警吏を睨《にら》んだ。

もっとぶちのめしてやりたいが、殺しはしない。彗星王の名を継ぐ者の矜持《きょうじ》だ。

義英は塀を駆け上がった。

「逃がすな！　放て！」

警吏の声とともに、耳元を矢がかすめていった。

どうして、隠れ家を知られた？

隠れ家は港町にいくつか用意している。そのどれも、誰にも知らせていない。

義英は警吏を撒《ま》きながら北に向かった。寂れた廟《びょう》がある。そこも義英たちの隠れ家だ。

だが、廟の方角に灯りが見えた。

俺たちを待ち構えている？

これは、すべての隠れ家が知られたと考えるべきだろう。

なぜ、こんなことが起きた！

義英の脳裏に阿片窟の老婆の顔が浮かんだ。

あの老婆は、俺が彗星王だと気づいていたはずだ。

港町の金満家で、彗星王の被害にあっていない者はいない。阿片窟の老婆は、これ以上は義英が価値のある物を盗むことができないと考えて、彗星王に掛けられた賞金を選んだ。

もしくは、港町の金満家たちだ。盗みに入った義英を、深く恨んでいるだろう。金にあかせて間諜《かんちょう》を雇い、長い時間を掛けて彗星王を調べさせ、流れ者を使って追わせているか。

考えても答えはわからない。とにかく、彗星王を捕えるために、多くの人がいっせいに港町を捜しまわっていること、この町に居所がなくなったことだけは確かだ。

夜風、夜風よ、どこに向かえば良いだろう？

義英は夜風のいる懐に手をあてた。

街を出ようにも、都市の門は閉じられている。風が吹いてきた。潮の匂いがする。

義英は、自分がいつのまにか港の近くまで来ていたことに気づいた。じりじりと追い詰められている。捕まれば斬首は免れない。義賊として働くうえで常に覚悟はしてきたことだ。しかし、義英がいなくなったら夜風はどうなる。それに、まだ助けを求めている人々がいるのに救えなくなる。

諦めてたまるか。

決意して港に向かうと、埠頭《ふとう》は何故か明るかった。事情はすぐにわかった。夜なのに出航しようとしている帆船がある。帆船は四本の帆柱を持っており、箱型をした大型の木造船だ。

灯りを手にした船員たちが、縄の確認をしている。

警笛の音が響いてきた。義英は振り返った。まだ警吏の姿は見えないが、まもなく現れるに違いない。

帆船から埠頭に掛けられた梯子《はしご》が外される。義英は灯りを避けて帆船の壁をよじ登り、手すりを乗り越えた。甲板では船員たちが作業をしている。

船に飛び乗ったのは良いが、正直こんなに大きな船に乗ったのは初めてだ。義英にとってこれまで船といえば、せいぜい川を渡るための小さな乗合船くらいだった。一人の船頭が竿《さお》で船を操る程度のものだ。この船は違う。船員らしき男たちが何人もいる。

彼らに気づかれないよう、義英はそろりと船内に入るための入り口を潜《くぐ》った。信じられないことに中も広い。

どこかに身を隠さねば。

義英が甲板から船内に続く梯子を降りようとした時、外から警吏たちの声が聞こえた。

「停《と》まれ！　船検《あらた》めだ！」

船員たちが顔を見合わせている。義英は梯子を飛び降りた。船内は暗いが義英は夜目がきく。見張りのいる船室が一つあった。向かいの船室の戸を微《かす》かに開けると、筵《むしろ》の上に三十名ほどの乗客がいるのがわかった。

船内に駆け込んでくる足音が聞こえる。十数人は、いるようだ。

「彗星王を探せ！」

警吏たちの怒声が響く。乗客たちが顔を上げた。

ここに紛れ込んでいても見つかるな。すでに人相書きも出回っているはずだ。

義英は戸を閉めると、ほかに隠れる場所はないかと、さらに梯子を降りた。

「この船には、いませんよ！」

船員らしき男の声が上から聞こえてくる。

「すっかり見終わるまでは、出航は許さぬ！」

「こちらにも都合があるのです！　急いで天神島《てんじんじま》に向かうように言われているんだ。やっといい風が出てきた。それに海流に阻まれたら船は本土に戻って来ちまうか、最悪、沈没だ。そうしたら損失をどうしてくださるんですか！」

「知ったことか！」

義英は船倉で食糧庫を見つけた。部屋には大小さまざまな籠に樽《たる》、甕《かめ》があった。棚が作られており、袋や壺がそこかしこに置かれている。

義英は大きな甕の蓋を開けた。中に手を入れてみると、底に青菜が入っていた。義英は迷わず甕に入って蓋を閉じると、青菜を頭の上から被った。

戸が開けられる音がした。

「どうだ、いるか？」

義英は息を殺した。足音が二つ近づいてくる。

甕の蓋が外された。灯りが差し込んできた。暗さに慣れていたところへの眩しさで顔を背けそうになるのを、じっと堪《こら》える。

飛び出して戦うべきだろうか。

「おっ、酒があるな。飲ませてくれ」

側で男の声がした。

「なにやってる、急がないと、どやされるぞ！」

蓋が戻される。足音が遠ざかっていく。義英は浅く呼吸を繰り返した。

走りまわる音はしばらく続いていたが、やがて帆船は静かになった。

甕の中に揺れが伝わる。帆船がゆっくりと出航したようだ。義英は甕から顔を出し、大きく息を吐く。

天神島と言ったな。そんな島など聞いた覚えがない。いったいどちらの方角へ向かっているのだろう。

義英は食糧庫を出て甲板に登った。

北の方角に港町が見えた。紅い光が点々と揺れている。義英を探しているのだ。

ああ、逃げ切ったぞ、夜風。

義英は懐に手を差し入れて、夜風を抱き上げた。目を閉じてはいるが、呼吸はある。土《つち》埃《ぼこり》に汚れているが、血はどこにもなく、骨も折れていないようだ。夜風を抱きしめて頬ずりをした。

「夜風、夜風、目を覚ましてくれ」

ぴくりと夜風の耳が動いた。目が少し開かれ、義英を見て安心したかのように喉を鳴らしてまた閉じられた。

義英はぞっとした。夜風は老齢だ。このまま死ぬんじゃないだろうか。

「夜風、夜風よ、俺を独りにしないでくれ！」

「いいかげん私を独りにしてくれ！」

甲板のむこうから女性の声が聞こえた。突然だったので、義英はびくりとしてから振り返った。

あざやかな赤髪が月明かりに輝いていた。碧眼《へきがん》に、白い肌をした二十代半ばの西域の女性だ。赤い髪は一つに纏められている。背は高くすらりとしており、青い袍《ほう》の上に、黒の外套《がいとう》を身につけていた。優雅な顔立ちだ。油絵に描かれていても不思議ではない。

赤髪の女性は三十代後半の男を従えていた。男は髪を三つ編みにして背中に垂らし、髪と同じ色の黒い瞳をして帽子を被り、高領の衣に褲を穿いている。

「なにがあろうと関係ないね。ただ、母を見捨てた墓の中の親父殿に文句の一つでも言ってやろうというまでだ！」

赤髪の女性は吐き捨て、手をひらひらとさせた。碧眼は宝石のように煌《きら》めき、鼻は筋が通っており、唇は上品だ。しかし、吐き出される言葉は辛辣だ。

「史《し》星彩《せいさい》様……」

「その名で呼ぶな！」

「……アナスタシア様。何度でも申し上げますが、それでもあなたが領主なのです」

従者らしき男が淡々と告げるが、アナスタシアと呼ばれた女性は振り返らない。

「私に面倒ごとを押しつける気だな。島に向かうのも初めてなのに領主とは！」

アナスタシアが鼻で笑った瞬間、彼らの背後で月明かりを返す刃物が見えた。頭巾を被った大きな人影がある。

曲者《くせもの》だ。

船の揺れは穏やかだ。義英は夜風を甲板にそっと置いて駆けだした。

曲者もまた、真っ直ぐにアナスタシアへと走り始めた。義英は曲者の横合いから飛びかかった。突き出そうとする手首を捕らえて絞め上げる。刃物が甲板を跳ねる音がした。

義英は曲者の腕をさらに捻り、そのまま回転させた。曲者の体が宙を舞った。背中から手すりにぶつかり、呻《うめ》き声を上げる。

曲者は白い肌をしており、アナスタシアと同じく碧眼をしていた。

なぜ命を狙ったのだ。

義英は甲板に曲者を俯《うつぶ》せにすると膝で背を押さえ、縛り上げるために帯を解こうとした。

「その必要はありません」

いつの間にか側にいた従者は、革の沓底で曲者の首を容赦なく踏み抜いた。骨の折れる鈍い音が響く。従者はそのまま曲者の体を持ち上げ、手すりの上に投げ出した。もはや抵抗はできない。だが、まだ息はある。

曲者は従者を見て目を見開いた。

（おまえ、生きていたのか）

瀕死《ひんし》の曲者は確かにそう唇を動かした。だが声として発せられることはなかった。水音とともにその姿は消えた。

アナスタシアが腕を組み、従者の背に声を掛けた。

「石秀《せきしゅう》。あやつはおまえを見ていたな。知り合いか？」

「危険が去ってなによりです」

「話すつもりはないわけか」

　アナスタシアが喉を鳴らした。間近で見ると、背の高さが際立つ。威圧的とも感じられた。石秀と呼ばれた従者だけで撃退できたかもしれない。助けてよかったのだろうか。思わず体が動いてしまったが、二人はなにやら問題を抱えているとみえる。

　義英はそっと彼らから離れると、夜風のもとに戻った。

　夜風の目はまだ閉じられたままだ。背後から足音が聞こえた。軽やかで、速足だ。振り返ると、艶やかな微笑みを浮かべたアナスタシアが走ってくる。意外にも、アナスタシアは纏《てん》足《そく》をしていなかった。西域の女性だからだろう。

　助けた礼でも言う気か。義英はアナスタシアを見つめたが、アナスタシアの眼光は義英にはなかった。

　アナスタシアの手は勢いよく夜風に差し出された。

「何をするっ」

　義英はとっさに夜風を持ち上げて、アナスタシアから防いだ。

「おぬしこそ、なぜ猫ちゃんを奪う！」

　甲板に手をついたアナスタシアが、義英を見上げて睨んだ。

「俺の相棒だ！」

「つまり、おぬしの猫ちゃんなのだな。どうしたのだ。死んでしまったのか？」

アナスタシアが立ち上がり、身を屈《かが》めて夜風の様子を悩まし気に尋ねてきた。

「眠っているだけだ」

いずれ必ず目を覚ます。

「そうか。怪我でも病気でもないということか」

「あたりまえだ」

縁起でもない。顔をしかめる義英にアナスタシアは少しも怯《ひる》まなかった。

「では抱かせてくれ！」

むしろ声を弾ませて迫ってきた。

「なんだと？」

「私は猫ちゃんたちを心から愛しているんだ。けれど、私の愛はいつも届かぬ。私の何が気に入らぬのかわからぬが、猫ちゃんたちは私を見ると必ず逃げるのだ。この船にいた猫ちゃんもそうだった……」

アナスタシアがもどかしげに揉《も》んでいる手には引っ掻き傷が見え隠れしている。

「こんなに求めているのに、今まで一度たりとも猫ちゃんを抱いたことがない。しかし、眠っているなら逃げられはしないだろう。だから頼む！　抱かせてほしい！」

情熱的に求められて、義英は眉を寄せた。

いったい何だ、この女は。

「猫好きなのはわかった。……だが、先刻、話が聞こえてきたが、そなたは天神島の領主になるのだろう？」

「そのようだな」

他人事のように言い捨てると、夜風に向けて両腕を差し伸べてきた。右手の中指には、大きなサファイアの付いた指輪があった。

光沢がよく、透明度が高くて、青色が濃い。最高級のサファイアだ。王侯貴族が着けていてもおかしくない。それこそ皇帝の指を飾っていても何ら不思議はない品だ。衣服の質は質素だが、金品を身につけられる余裕がある。

義英はアナスタシアを睨んだ。

「やる気のないその物言い、おまけに猫への愛情の一欠片《ひとかけら》もみられぬ。自分の島民が哀れだとは思わぬのか？」

アナスタシアがこちらに向けて伸ばしていた手を引っ込めて胸の前で組むと、打って変わって冷たい表情になった。

# ○3○

「ふん、ならばおぬしが代わりにやるか？」

義英は、一瞬、何を言われたかわからなかった。

「アナスタシア様。助けられたとはいえ何者かわからぬ子供です」

石秀が落ちついた声音で告げるが、アナスタシアが「黙れ」と手で制した。

アナスタシアはにやりと笑い、どことなく楽しそうな表情で義英を見下ろした。

「俺に領主となれと言っているのか？」

義英はアナスタシアの正気を疑った。領主になるべくして選ばれた人間だろうに、責務を簡単に投げ出そうとしている。

「ああ。おぬし義賊の彗星王だろう」

「なにゆえそう思う」

「船旅は暇なのでな。船に乗っている者の顔はすべて覚えた。だが、おぬしは知らぬ。それに警吏どもが喚《わめ》いておったからな。先ほどの港で忍び込んだのだろう？」

アナスタシアの推測は当たっている。

義英が黙っていると、アナスタシアは続けた。

「島民を哀れむのなら、義賊であるおぬしが助けてやればよい。領主となるのが怖いのなら手足となって私の代わりに働け」

「そのような戯言《たわごと》……」

　つきあっていられぬ。言いかけた言葉は、アナスタシアに遮られた。

「私は本気だ。誰にも文句は言わせぬ。やることを済ませてすぐに租界《そかい》に戻るつもりでいたが、島に行けばしばらく出るに出られぬ。船の往来は月に一度だけだからな。その間おぬしが面倒を引き受けるなら、そのぶん、私は自由になれる」

　アナスタシアは冷たい目をして、何かを思い出したかのように北を見て鼻で笑った。

　租界とは、外国人が住まうよう国から指定された地域のことだ。天神島に一度も行ったことがないと言うからには、西域の血を継ぐ母と租界で暮らしていたのだろう。亡くなった領主の父から呼び寄せられることもなく、だからこそ島のことに興味はなく、領主としての自覚もないわけか。

　しかし、島に行けば、こんな女でも領主となる。領主がどの程度の地位なのかはわからない。だがこの無責任さは、間違いなく民を苦しめるだろう。そうとわかっていながら、見て見ぬふりをしていいものだろうか。アナスタシアの意図はまだ不明だが、彗星王として、冷たく断ることもできまい。先代ならきっと引き受けるはずだ。

　側で睨みをきかせていれば、島民たちが苛政《かせい》に苦しまぬよう阻むこともできる。そうすれば今までのように彗星王として銭をばらまくよりも、島の民という多くの人たちの役に立てる――。

「……引き受けよう」

「契約は成立だな。それでは、その猫ちゃんの名は何という？」

アナスタシアが朗らかになった。

「夜風、だ」

「夜風ちゃんか……まっことに可愛いな。ほら、契約は成立したのだから抱かせよ。眠っている今なら、今ならようやく！　この手にそのもふもふを！」

アナスタシアがうっとりした顔をした。

なによりも猫が大事という態度に、義英は苛立《いらだ》ちを覚えた。

「夜風は離さぬ。目を覚ました時に、自分で夜風と契約するがいい」

「なんだと、意地悪だな！」

アナスタシアが驚愕《きょうがく》したような表情になった。

「意識のない時に好き勝手されて嬉《うれ》しい奴がいるものか。違うか？　アナスタシア様よ！」

自分よりも身分が上であるとはわかった。様と尊称はつけるが、敬っているわけではない。礼儀としてつけたまでだ。義英の一喝にアナスタシアが唇を尖《とが》らせた。

「アナスタシアでよい。……なるほどな、夜風ちゃんの気持ちを考えよ、と言うのか。……

ならばしかたがないな――して、彗星王、おぬしの名は？」

「王義英」

「わかった。義英に島のことを仕込んでおけ。私は寝る！」

アナスタシアは石秀に命じると、さっさと梯子を降りていった。

義英が石秀を見ると溜息《ためいき》を吐かれた。きっと望ましくない展開なのだろう。しかし、義英にとっても突然の事態だ。

「私の名は郭《かく》石秀と申します。それでは、我々も行きましょうか」

石秀は気持ちを切り替えたのか、淡々と言った。義英は頷いた。なりゆきとはいえ、もう道は決まってしまったのだ。

義英は石秀に続いて梯子を下りた。石秀は、見張りのいる客室へと向かった。見張りは石秀を見るとすぐに扉を開いた。

客室は、筵を敷いて雑魚寝していた者たちがいた客室と同じだけの広さがある。

二人だけで、一部屋を貸し切っているのか。領主という言葉が真実味を増してくる。けれど、置かれている物は寝台二つと、色褪《いろあ》せた革の鞄《かばん》と布包みだけだ。

奥の寝台で、アナスタシアが背を向けて横たわっている。

「俺を手足とすると言ったが、本気だろうか？」

もし心からの言葉であれば、義英には助力するつもりがある。郭石秀とも良好な関係が築いておきたい。

石秀が胸の前で両手を合わせた。

「命じられたからには、従わねばなりません」

あくまでも命令があるから、受け入れるのか。どんな無理な願望でも、石秀は領主の意志を尊重する男なのかもしれない。義英は石秀にとっての領主の存在の重みを感じながら、さらに問いかけた。

「アナスタシアはなにゆえ命を狙われた。さっきの刺客は天神島の何者かが雇ったのか？」

「そうかもしれません」

「なぜそれほどまでに憎まれる？」

「先代領主様と西域の女性とのお子であるからです。しかし、私どもはこれまで通り、領主の血を受け継ぐ方こそが次代の領主だと考えております。けれど、先代の喪中でありながら、島を東西に分けて力を持つ黒市、白市の頭目は、自分たちのどちらかが島の領主になると、対立しております」

「領主の子でありながら、アナスタシアが島で育てられなかったわけは？」

「母君が正妻とは認められなかったからです」

先代領主はそれを受け入れて、租界暮らしにしたままだったのか。冷たい話だなと義英は思った。異民族の血がそれほど疎まれる島なのだ。生まれた当初は、正統な後継者だと見なされていなかった。

だが、どんな経緯かはわからないが、先代領主の血を受け継ぐ子がアナスタシアしかいないとみえる。

先代の死後になってようやく島に求められるようになったわけか。半分は島の血を継いでいるとはいえ、島の民という自覚がないのは納得ができる。

「領主となるのを嫌がっていたはずなのに、よく船に乗せられたな」

「ある策を使いました。ですが次に使えるとは到底思えません。私にできたのは、島にお連れするところまでです。危機を助けていただいたのも何かの機縁、彗星干の名声は存じております。猫をお伴にしておられるところも幸い。このままでは東の黒市、西の白市の頭目たちによる島を巻き込んだ争いが始まってしまいます。どうかアナスタシア様をお支えくださいませ」

天神島に、白市と黒市。初めて聴く単語たちが島を二分する争いを始めようとしている。それは、アナスタシアが領主となれば収まるという。

義英は腕を組んだ。

「どんな島なんだい？」

「天神島も、太古は大陸と同じように皇帝に統べられておりました。ですが幾度となく御代《みよ》が変われば、栄枯盛衰も繰り返される。その都度、大陸は揺れ動きましたが、恵み豊かな島はその波を被らずにいました。潮流で守られたこの地は鉄壁と呼ばれ、いつしか国として存立するようになったのです」

「そんな国があるだなんて話は聞いたことがない」

「確かに代々の領主は皇帝によって封じられています。ですが島を治めるのは領主であり、統べるのは領主によって定められた法なのですよ。皇帝の権威も天神島までには及びませぬ」

そんなことがあるわけないと義英は口にしかけた。だが、もしも石秀の言うことが本当だとしたら、この国の腐敗とは無縁の世界が存在する。

義英は南の方角を見つめた。

「天神島では、喪が明けてから初の新年を祝う天神祭りが開催されます。その祭りでは東西の頭目たちを従えて領主が采配を執らねばなりません」

義英は石秀の説明に、何かがそぐわないものを感じた。

「ちょっと待ってくれ、先代が亡くなってすぐに連れ戻しに来たのではないのか？」

親の喪に服す期間は三年だ。しかし、もう喪が明けようとしているのか。

石秀はいったい何をそんなに手間取っていたのだ。

「母君がお亡くなりになられてすぐ、アナスタシア様は行方知れずとなりました。三年の喪中、私が大陸中を駆け回ってようやく見つけ出したのです」

「なんだって？　母君を喪《うしな》って消えた？　いったい幾つの時の話だ」

「十五歳です」

今の俺よりも若いじゃないか。

父親が母親を見捨てたとも言っていた。島からの援助があったようには思えない。租界を去った当時のアナスタシアを、捜そうとする島民はいなかった。

アナスタシアは、母親の死後どうやって生きてきたのだ。この世は、十五歳の娘がひとりで食っていけるほど優しくはない。

サファイアの指輪も気にかかる。金に変えなかったわけがあるはずだ。思い入れのある品なのだろうか。

アナスタシアをいないものとして扱ってきた島を、今になって領主として統治せよと迫られているわけだ。傍若無人《ぼうじゃくぶじん》な話だと考えるわけもわかる。

「祭りを成功させてアナスタシア様の存在を皆に知らしめる必要があります。しかし、今のアナスタシア様のご命令に従う頭目は間違いなくいないでしょう」

義英は腕を組んだ。

石秀に見つけ出されて、あまり日が経《た》ってないとみえる。さっきは命を狙われたばかりだ。

アナスタシアの境遇に同情はする。けれど、その同情すら民には関係のない話だ。

争いを起こさせるわけにはいかない。領主として選ばれた者であるからには、善政をおこなってもらわねばならない。

「まだ何ができるかわからないけれど、島の人たちのために俺は全力を尽くすよ」

ふっと石秀が微笑んだ。

「寝台をお使いください」

客室に寝台は二つしかない。義英は首をふった。

「いや、いい。俺は夜風を抱いて床で寝るから。慣れてるから問題はないよ。それより、この船は無事に天神島まで辿《たど》り着けるかね」

「悩まれる必要はありません。島の主を乗せている船です。必ず到着いたしますよ」

その断言を聞いて、この男は不思議だなと思った。妙に淡々としているが、まるで神託を語るように言う。それに、アナスタシアも知らない秘密を抱えているようだ。

義英は懐から麻袋を取り出すと、丸めて枕にして扉の近くに横になった。

彗星王の名に恥じぬおこないを貫こう。

夜風が目覚めるように祈りながら、義英はそのまま眠りについた。

## 3

夜風が威嚇する声で目が覚めた。

「ああ可愛い！　お願いだ、こっちに来ておくれ夜風ちゃん！　ご飯があるよ夜風ちゃん！」

――余になにをする！

尾を大きく膨らませた夜風がアナスタシアを睨む。喋《しゃべ》れないが、そんなような意味を言っていると義英は感じとれる。けれど、アナスタシアにはまったく通じないようだ。

アナスタシアは満面の笑顔を浮かべて、魚の干物を手に、夜風へじりじりと近づいていく。

夜風は寝台の上に飛び上がり、さらに全身の毛を逆立たせるとアナスタシアから間隔をとった。

義英は目をこすりながら、かまいすぎるからいけないんじゃないか、と思った。

「お目覚めですか、義英殿。島が見えてきましたよ」

石秀が椀《わん》を義英に渡した。青菜の粥《かゆ》が入っている。

○4○

青菜、おぬしには助けられたな。

義英は苦笑して、粥を半分食べてから立ち上がった。

「夜風、ほら、食べよう」

義英が呼びかけると、夜風が腕の中に飛び込んできた。

夜風の前に椀を差し出すと、勢いよく食べ始めた。

アナスタシアが残念そうな顔をしているが、義英はアナスタシアに一瞥《いちべつ》くれると、「甲板を見てくる」と客室を出た。空になった椀を船員に預けて、梯子を登ろうとする人たちの列に並ぶ。

――なぜ、余たちはここにおる？

夜風が顔を洗いながら、真剣な眼差しを向けて、首を傾《かし》げている。

「逃げ込んだのが天神島行きの船でさ、さっきのアナスタシアってやつが領主になるんだけど、やる気がないんだ。このままでは島を二つに分けてしまうような戦いが起きるかもしれないんだ。だから俺が手助けすることになった」

――余は、あの女が嫌いだ。

朝から追い回されてくたびれたのだろう。なんとも嫌そうに顔を背けた。

「俺も好きじゃないさ。あんまりしつこかったら噛《か》みついてやれ」

順番がきて梯子を登った。人々が甲板に立って、喜びの声を上げている。義英は目を細めた。海が眩しく光っていた。本土から見える海は鈍色だったが、こちらは真青だ。左舷前方に島が見えた。

切り立った崖の上を緑が覆っている。美しい曲線を描いた海岸に、真っ白な砂浜、周りいっぱいに広がる緑と青の海を合わせた光景は、まるで詩に謳《うた》われる幻想世界のようだ。海鳥が悠々と飛び回り、崖の間から街が見えた。

「あれが天神島か！」

義英は海風に吹かれながら天神島を見つめ、人々の歓声にそっと耳を傾けた。

「ああ、ようやく帰れた」

「これで一攫《いっかく》千金を望める！」

帰郷を喜ぶ声の中に、まるで宝島に辿り着いたかのような興奮が混ざっている。

あの島に何があるんだ？

「おい、黒猫を連れたおまえ！　王義英だろう？　呼ばれてるぞ。下船の準備をするから戻れとよ！」

船員に名を呼ばれて、義英は振り返った。黒猫を連れた者は義英だけだ。

義英は船室に戻ったけれど、荷物はない。懐にある鍵開け道具と、便利に使う麻布だけだ。

アナスタシアは革の鞄、石秀も袋包み一つだ。

石秀が船員に指示を出しているあいだに義英がやったことといえば、アナスタシアの猛烈な求愛から夜風を守ることだけだった。

帆船はやがて速度を落として、大きく揺れて港にとまった。義英はアナスタシアと石秀に続いて甲板に上がった。

船に梯子が架けられる。早く島へ降りようと、あっという間に乗客の列ができた。なかなか進まないのは先頭にいる役人のためだ。乗客に何かを尋ね、最後に小さな板切れを渡している。どうやら手形のようだ。

たかが島に入るために大仰な。そう思いかけた義英の耳に昨夜の石秀の会話が蘇《よみがえ》る。海流で守られたこの地は鉄壁といわれ、いつしか国として生きるようになっていった。もしかしたら本当にそうなのかもしれない。

義英の胸が高鳴っていく。

石秀を先頭に、義英たちは乗客の列を抜かして進んだ。甲板から港を見下ろした。港は小さいがにぎやかだった。漁師たちの声に混ざって海鳥の鳴き声が響いている。

何艘《なんそう》もの小舟が荷下ろしをしていた。山のような積み荷を、荷車に乗せた男たちがせわしなく運んでいく。魚を売る店が並び、商人や旅行者を待ち構える人力車が集まっていた。船に乗り込もうと待ち構えている人の列もできている。

「この船は、すぐに出航するのかい？」

「ええ。天神島の港は浅く、外へと向かう潮の流れも強い。大きな船が長く滞在できないのです」

人混みの中央に、官服姿の男たち数十名と、駕籠《かご》が置かれていた。島の領主を迎えるには、あまりにも質素で地味だ。何か理由があるのだろうかと、義英は不思議に思った。

「あそこにいるのってさ、石秀殿の仲間かい？」

「ええ、この島の役人です。私の部下たちですよ」

石秀が義英に教えながら、帽子を脱いだ。垂髪をひとまとめにして結っていたのがわかった。辮髪帽子を被っていたのだ。

島の民の男性で辮髪している者は見あたらず、女性の靴も大きくて、纏足はしていないとみえる。本土では、辮髪していない者は死罪と定められているし、女性も纏足していないと育ちが悪いと見なされて結婚ができない。

乗船していた者は男が多い。辮髪の商人がほとんどだ。中には千駄《せんだ》櫃《びつ》を背負った薬屋もいる。本土特有の薬草を売りに来たのだろう。出稼ぎ帰りといった様子の男が、港に降りて家族たちと抱き合った。その男は辮髪にしているが、両親と思しき男は垂髪であるし、女も纏足をしていない。

　本土と島との違いを目のあたりにして、義英は驚きを隠せなかった。

「なぁ、あの駕籠……誰が乗るんだ？」

　アナスタシアが沈んだ声で問いかけた。

　行き交う人々が駕籠をちらちらと見ていく。役人が、近づくなと民に命じている。

「アナスタシア様ですよ」

「私に見世物になれと言うのか」

　アナスタシアが呻き声をあげたが、大きく息を吐き出すと梯子を降りていった。

　石秀を見つけて、役人たちが胸の前で両手を合わせた。

　二十代前半と思《おぼ》しき青年が進み出てきた。あどけない顔をしているが、快活で利発そうな微笑みを浮かべている。身長は義英と同じくらいだ。

「お帰りをお待ちいたしておりました！」

「燈実《とうじつ》、変わりはないか？　こちらが、史星彩様だ。しかし、アナスタシア様とお呼びするように」

「アナスタシア様、お初にお目にかかります、趙《ちょう》燈実と申します！　無事に天神島にお迎えすることが叶《かな》いまして、これ以上の喜びはございません！」

青年はアナスタシアに拝礼した。うむ、とだけ応えるアナスタシアは見るからに面倒くさそうだ。

燈実は顔を上げたあと笑顔を消して、少し声を抑えて石秀に告げる。

「東西の仲は日々悪くなるばかりです。アナスタシア様が戻られたことは我らにとって僥倖《ぎょうこう》ですが、果たしてこの島にとって間にあったと言えますかどうか……」

「ああ……」

その隣をすり抜けながら、アナスタシアが溜息を吐く。

「……夜風ちゃんと一緒に乗る駕籠なら私も喜んで担がれてもいいんだがな……」

唇からこぼれるのは不安ではなく文句だ。アナスタシアは鞄を抱えて駕籠に乗り込んだ。燈実が鞄を受け取ろうとするが、「自分の荷は他人に任せぬ」と渡さなかった。

石秀が先頭を行く。義英はその隣に並んだ。燈実は背後に控えている。駕籠は城門を潜った。天神島は、西側に山があり、東側が海に近い。土地を壁でぐるりと囲んだ城塞都市になっているようだ。石秀が、島は鉄壁と言っていた。何度か狙われた歴史があるのだろう。島民の血の結束が固くなるのも当然か。

月に一度の渡し船が着いたばかりとあって大通りは喧騒《けんそう》の中にあった。道行く人たちを眺めていると、人力車に乗る貴人から労働者まで多くの者が、大なり小なりのサファイアの装飾品をつけているのが目についた。

石秀たち役人は身につけていないようだが、アナスタシアもサファイアの指輪をしている。島民にとっては宝石である以上に何か意味のある物なのだろうか。

広い通りの中央を進む。煉瓦で造られた家屋が並んでいる。東側の瓦は黒色、西側の瓦は白色をしている。港の近くは平屋がほとんどだったが、家屋の規模は北に進むに連れて大きく、高くなった。役人や書生と思しき者たちを見かけた。

広場に入ると、扁額《へんがく》に天神廟と書かれた建物があった。廟は、祖先や霊を祭る神聖な場所だ。広場を抜けると、左右に石造りの獣像を配した門の前に来た。

門衛たちが一斉に礼をする横を通り抜け、駕籠はそのまま門を潜る。

屋敷の瓦や廊下、柱は藍の色が使われている。道沿いにあった家々では見かけなかった。領主にのみ許された色なのだろうか。

政庁《せいちょう》を前にしてようやく駕籠は歩みをとめた。政庁とは、領主の屋敷にある役所のことだ。島に関わる仕事は、そこでおこなうことになっているはずだ。

従者たちは駕籠をおろし、女官たちが中のアナスタシアへと手を差し伸べた。

女官の手はそのままに、アナスタシアが駕籠から飛び降りた。悲鳴を上げた女官の肩にさりげなく、ぽんと手を置く。

堂々としたアナスタシアの立ち姿は、女官よりも頭一つ大きく凛《りん》としていた。

「愛らしい女たちだな」

アナスタシアは礼をとった女官たちを眺めた。

黒髪に黒い瞳をして揃《そろ》いの薄い青の衣服を着た女性たちの中で、アナスタシアの赤髪と碧眼は、その背の高さと白い肌も相まって映えていた。だが、屋敷の主に相応《ふさわ》しいかというと、あまりにも西域の色合いが濃い。

「皆がアナスタシア様をお待ちしておりました。まずはお部屋にご案内いたします」

石秀は女官たちを立たせると、アナスタシアを先導した。

皆とは、誰を指すのだろうと義英は疑問を浮かべる。

道中のアナスタシアを歓迎する島民は誰もいなかった。領主の到着は、刺客を避けるため、島民には伏せられていたのかもしれない。けれど、まるで頭目たちを激怒させぬように、こっそりと住処《すみか》に逃げ込んだ印象だ。

アナスタシアを支持する者は、いったいどれくらいいるのか。

義英は考えながら回廊を進んだ。回廊にはいくつもの鳥籠が下げられ、鳥たちが色とりどりの羽を輝かせ囀《さえず》っている。木々の緑の色は濃く、配された岩に影を落としている。細かな輝《き》石《せき》で鳳凰《ほうおう》を模した敷地まで辿り着くのに、どれだけの門を潜っただろうか。

義英は内心あんぐりと口を開けていた。自分が最後に盗みに入ったあの邸宅など、この屋敷に比べれば、ただの子供部屋だ。

「義英殿はあちらへ」

石秀に命じられた従者たちが、義英を別の居住区に案内した。東房《とうぼう》の門が開かれる。庭には井戸がある。中に入ると居室と書斎と寝室があった。

義英はじっくり部屋を見回した。香が焚《た》かれており、清められている。家具はどれも古雅な趣きを漂わせている。代々大切に受け継がれてきたものなのだろう。

この東房だけで何家族が暮らせるのか。身の丈に合わない待遇だと思ったが、アナスタシアの側を離れるわけにもいかない。

義英は人払いと、アナスタシアの準備が整ったら呼んでくれるよう頼んだ。

従者が去って夜風とだけになると、義英は大きく胸を膨らませて息を吸い、ゆっくりと吐いた。

家か。俺の部屋。安心して暮らせる場所だ。もう隠れなくてもいい。感じたことのない温かさが胸の中に広がっていく。

「どうだ！　馬鹿みたいに広いな！　そなたは気に入ったか？」

アナスタシアが何の合図もせず扉を開けて入ってきた。旅の格好のままだ。女官をひとりも連れていない。ついてくるなと命じたのだろう。

「気に入らないと言えば、どうなる？」

雨風が凌《しの》げて屋根があるならどこでも良い。そんな暮らしをずっと続けてきた。それでも問い掛けてみたのはアナスタシアがどうするか知りたかったからだ。

アナスタシアが居室の椅子に腰を掛けた。

「別の部屋を用意させよう。空き部屋はまだいくらでもあるようだからな。夜風ちゃんのためだけの部屋を用意させてもいい」

「それは断る。夜風と俺は、いつも一緒だ」

「それじゃあ夜風ちゃん、この部屋は気に入りましたか？」

アナスタシアが夜風に手を伸ばすが、夜風はするりと逃げた。さかんに尻尾をぴたぴたと床に打ち付けている。

この屋敷は、アナスタシアが住むには十分すぎるほどの広さがある。島での領主の権力の大きさを感じた。殺してでも立場を得ようと思う輩《やから》がいるのは当然だ。

アナスタシアはもっと警戒するべきだ。

出会ったばかりの男に私室を与えるのは、彗星王を信頼しているのか、自棄《やけ》なのか、どちらかなのだろう。

義英はアナスタシアを見つめた。

アナスタシアは島に来てみてどう思っているのだ。領主に与えられる物を見て、本土に戻る気は失せただろうか。しかし、贅沢《ぜいたく》に溺れてしまうのならば戒めねばならない。

扉が叩かれ、石秀の声が聞こえた。

「アナスタシア様、来客ですよ。どうかお準備をなさってください」

義英が扉を開くと、石秀と従者たちが立ち並んでいた。

「誰が来た？」

「島の代表です。政庁にお通ししております」

「着替えぬぞ。領主らしくなくてけっこう。私はこのままで会う」

アナスタシアが胸元を押さえた。石秀の表情に変化はないが、

「……わかりました」

と言うまでのしばしの間が、領主には相応しくないと訴えている。

アナスタシアが面倒そうに「行くぞ」と義英に呼び掛けると、石秀を押し払うようにして扉を出た。

義英は夜風を連れて、アナスタシアとともに政庁に向かった。

白い曲領《きょくれい》（丸襟）の衣に褲を穿《は》いた男と、黒い袍を纏った男が立っていた。二人とも絹で

できた衣服を着ており、布には細やかな刺繍《ししゅう》がされている。どちらも二十代後半だろう。

「我が名はアナスタシア。そなたらは何者だ？」

二人は同時に胸の前で両手を合わせた。ともに大きなサファイアの指輪をはめている。アナスタシアの指輪によく似ていた。

アナスタシアが椅子に座って、足を組んだ。

「我が名は董楽和《とうがくわ》。西の白の頭目の息子です」

白い曲領の衣に褌を穿いた男が先に名乗りを上げた。髪を一纏めに結っている。右のこめかみには、微かに傷跡が残っていた。肩幅が広い。胸板の厚みは鍛錬を積んだ証《あか》しだろう。声には張りがあって力強い。

「私は鄭真進《ていしんしん》。東の黒の頭目の息子です」

黒い袍を纏った男は、楽和とは反対だ。髪は背中まであり細身だ。上品で、艶のある容貌は性別を見間違えそうになるが、義英は真進を見て弱いとは思わなかった。

立ち居振る舞いをみればわかる。二人とも武術の心得があるに違いない。

彼らがアナスタシアの敵か。命を狙う者たちか。

だが、なぜ頭目ではなく、その息子たちが来庁したのだろう。

「我らの父は身体の加減が悪く、ご無礼をつかまつります」

楽和の声に合わせて、真進ともに床に膝をついて頭を下げた。

嘘《うそ》だ。両名の父親が同時に身体の加減を崩すなどありえない。頭目たちはアナスタシアを認めていない。だから代わりに息子をよこしたのだ。

義英は奥歯を噛んだ。領主の帰還に、このあからさまな対応だ。アナスタシアはこれほどまでに軽んじられているのか。

「天神祭りは我らにお任せください。祝儀物選び、花火、爆竹、舞手の衣装調達など、滞りなく準備を進めております」

「それはご苦労。では、そなたらの働きぶりを見せてもらおう」

アナスタシアは穏やかに告げた。失礼だと激怒しても良いところなのに、頭目たちが現れなかったことを責めない。頭目の息子たちの申し出に快諾する。それらは寛容とも受け取れる態度だったが、関わると面倒くさいだけだからだと義英は思った。

楽和と真進は顔を見合わせると、頷き合った。

「それでは失礼いたします」

義英は焦った。このままでは、祭りを成し遂げた功績はこの男たちの物になる。領主の出る幕など、どこにもない。

帰ろうとする二人の背に呼び掛けた。

「兄さんたち！　俺は王義英という！　祭りの準備を手伝わせてくれないだろうか！」

楽和と真進が振り返った。

「手伝いだと？　おまえはアナスタシア様の従僕なのではないのか」

楽和が腕組みをして、じろじろと品定めをするかのように義英を見やった。

アナスタシアを主人だと思ったことはない。主従の関係があるわけでもない。だが、何だと問われても答えが見つからない。領主の尻を叩きに来たなどとは、口が裂けても言えるはずもない。

アナスタシアを振り返るが、じっと見おろしているだけだ。

義英は、ごくんと喉を鳴らした。

「……護衛」

「ならば主人の側を離れてはならぬのでは？」

真進の鋭い指摘に、義英は手を振った。

「いや、……ちょっと違う。主従ではないのだ。……友人、だろうか？」

今まで親しい人と言えば、先代の彗星王だけだった。その間柄は師弟というより、親子のようでもあった。友人という言葉は知っているが、これまでひとりもいなかった。夜風との関係は心の通じあった相棒というもので、アナスタシアに感じる思いは、もどかしさに似ている。

「我々に聞かれてもな」

楽和が難しい顔をしてアナスタシアを見た。アナスタシアは頬杖《ほおづえ》をついたまま、義英を見つめて目を細めている。助け舟を出してくれそうにないが、義英も期待していない。困ったなと焦りが増してきた。

その時、黒い毛皮がするりと足首を通り抜けていった。美しい双眸《そうぼう》を見下ろすと、気持ちが伝わってきた。

――ここは仲間とでも言っておけ。

「そうだ、仲間だ！　俺は、アナスタシア様の仲間。ここからあまり動けぬアナスタシア様の代わりに、この島のことを見聞きして知らせてやりたいんだ」

アナスタシアが目を見開いて、うっすらと笑った。面白がっているなと、義英は思った。

「なるほど、仲間ねぇ。どうする、真進」

「楽和兄さんはどうされたい？」

同年代だと思ったが、楽和のほうが年上のようだ。

「俺は、……まぁ、手伝いたいのなら断ることはないと思うがね」

「なるほど。楽和兄さんがそう申されるなら、私も良しとしよう。領主様に島のことを知っていただくのは、悪いことではないからな」

「ならば、広場に向かうとするか。今ならちょうど良い頃合いだろう」

## 4

政庁を後にして、義英は楽和と真進とともに門を抜けた。

「天神島に来るのは初めてか？」

楽和がさっきよりも気さくに話し掛けてきた。

「ああ、そうだ」

「おぬし、初めは護衛と言ったな。領主様は、この島で襲われるようなことを気にかけておられるのか」

さっそく腹の探り合いか。頭目の息子ならば、父親が領主の座を求めていると知っているはずだ。事実、アナスタシアは船で襲われた。

今はアナスタシアの側を離れるが、石秀がいるなら危険を防いでくれるだろう。刺客の首をためらいなく一撃で折った男だ。只者《ただもの》ではあるまい。

「兄さんたちは、そのような危険があると思われるか？」

義英が問い返すと、楽和が眉間に皺を寄せた。

「ないと言いたいところだがな」

「噂《うわさ》は耳にしているのだろう？」

真進も否定しない。その様子を見て義英は頷いた。

「領主に成り代わりたいのだと聞いた」

「先代領主に子供がいるのは知っていたが、亡くなっても現れなかった。郭石秀が連れ戻すと出ていったが、三年の喪が明けかかっても現れなかった。このままでは白か黒、どちらかの頭目が次の領主になるだろうと誰もが考え始めた。どう勝負をつけるかに島の者たちも関心を持ち始めていたところに、女でさらにどう見ても他民族の領主様が現れたわけだ！」

楽和がこぼした。率直な男だなと義英は思った。

そうか、女では都合が悪いのか。良い領主であるのなら、男でも女でも構わないと思う義英の考えのほうが変わっているのだろう。

「白と黒、どちらの頭目にとっても、アナスタシア様は邪魔なわけだな」

「親父殿たちにとってはな。振り上げた拳を今さらどう納める？　親父殿たちは、新しい領主を簡単には認めないだろう。だが、俺と真進の考えは違う。なあ？」

楽和は立ち止まり、真進を見つめた。

真進が優美に微笑んだ。

「楽和兄さんの言われる通りだ」

「俺たちは島と島民の幸福を願ってる。領主様が島のことをよく考えてくださる方なら、この島の政《まつりごと》は領主様が継げば良い。だが、今のままでは、祭りなんかそっちのけで島中を巻き込んだ戦になりかねない。そんな事体は避けたいんだが」

「兄さんたちは仲が良いんだな」

「幼馴染《おさななじみ》だからな。昔は弟のように思っていたが、今は同じ立場を継ぐ盟友だ」

楽和と真進が笑い合う。

義英には、意外な発見だった。白と黒の頭目の息子たちは、父親とは考えが違う。けれど、頭目たちが争いを選べば、二人がこんなふうに親しく接することはもうできないはずだ。

やはり、アナスタシアには領主として、きっちり島を治めてもらわねば。

義英たちは門衛たちの横を通り抜けた。獣像を配した正門まで来たところで、争う声が広場から聞こえてきた。

舌打ちをして楽和が走り出した。義英と夜風、真進も後を追った。

広場では取っ組み合いの喧嘩《けんか》がおこっていた。殴り合っている男たち、髪を引っ張り合い、足を踏みつけ合う女たち、罵り合いをしている者たちがいる。十代から二十代の男女、数は二百人ほどだ。男は白か黒の衫と褌を、女は薄い青色の袍を着て赤い花飾りをつけている。

楽和が天神廟の階段を登り、叫んだ。

「何をしている！　止めろ！」

廟からの声に気づいて、振り仰ぐ者たちがいた。

「坊ちゃん、だけど、白のやろうが！」

「なんだい！　もともとは黒が！」

「領主様がお戻りになられた。三年ぶりに演舞を披露するのだぞ！　黒の民として頭目に恥をかかせる気か！」

「白の民も同じだ。領主様に誇りに思っていただけるような若者が揃っていると示さねばならぬのだぞ！」

真進も楽和の横で声を張りあげる。ぐっと堪える者たちが現れた。取っ組み合いをしていた者たちも、お互いに睨み合いながら離れる。

「並べ！　初めからやりなおしてみせよ！」

「応！」

手入れの行き届いた広場に、真進の号令に合わせて東西に黒と白の衣服を着た男たちが、南北に青い服の女たちが分かれて列をつくった。

義英は廟の上から若者たちをじっと観察した。男女問わず、誰もがサファイアの装飾品を身につけている。

やはり、この島は、サファイアと深い関わりがある。

列からやや外れて、銅鑼《どら》と鐘を持った少年と少女たちが現れる。

静けさが広場に広がった。一瞬、風が止んだ時、銅鑼が雷のように鳴った。男たちが一斉に走りだす。東西に白と黒の綺麗《きれい》な輪が二つ生まれた。

鐘の音が鳴り響く。東西の男たちは向き合い、両手を大きく広げ、足を踏み鳴らした。角度は揃い、速さまで正確だ。何か巨大な生命が血肉を得て、命を吹き込まれていくような迫力があった。

「これは天神島の伝説をもとにしているんだ」

楽和が「なぁ？」と真進を見た。

「そう。神々の時代、白の虎と黒の亀がこの島で争っていた。どちらが島の主か戦いは決着がつかず、島は荒れ、海も荒れた」

いま争っている二つに分かれた民たちの色は、この虎と亀の象徴か。

虎と亀は、お互いに向かって疾走した。飛び上がり、睨み合い、威嚇し合う。

激しい気迫だ。演じる者たちの気持ちが込められている。どちらが正統な民なのかを訴え

## ○6○

ている。

二匹は噛みつき、引っ掻き、ぶつかり合って弾《はじ》ける。

島民の争いが起きたらどうなるかを目のあたりにさせられている心地だ。どちらも折れることを選ばない。男たちは散っては集まる。虎と亀は傷つき、消耗してもなお退かない。

楽和が真進の仲が良かろうとも、白と黒の民の気持ちは別なのだ。

「どちらの命も尽きかけた時、天から龍が現れた」

娘たちが弧を描きながら、外側からゆっくりと、やがて一つの輪となって、うねりながら虎と亀を包んだ。

「初めは暴れる虎と亀だったが、次第に静まり穏やかになっていく」

「虎と亀は龍と一体となり、天神島ができたわけだ」

真進の言葉とともに、群衆は一つの円となっていった。演舞が終わり、若者たちは膝をついて頭を下げた。

赤い花飾りの娘たちの姿に、アナスタシアが重なる。

アナスタシアは、白の民と黒の民を包み込むような領主となれるのか。悩める義英の足に夜風が擦り寄った。

――余がついておるぞ。

「今日は俺が白の土地を案内しようと思うが、どうだ？」

楽和が真進に告げた。

「それが良いかと思います。黒の土地を案内するのは後日といたしましょう。我が父に無断でおこなえば、お怒りになられるでしょうから」

「それじゃあ、行こうか」

楽和の言葉に義英は頷いた。このままでは大きな争いが起こる。ただ単に、困っている人たちを救うだけではないのだ。争いは、今この瞬間に起こるかもしれない。人々が傷つけ合う姿を見るのは嫌だ。けれど、島の民にも事情がある。うわべを知っただけで、簡単に判断はできない。もっと島の事情を知らねばならない。民に寄りそう気持ちが必要だ。義英は楽和とともに、廟の前に待たせてあった馬車に乗った。

馬車は西に向かう石畳の大通りをひた走る。やがて屋根瓦の上の彫刻や壁の彫り物に虎の意匠が使われた建物ばかりが目につくようになった。

人通りは多い。港と違って、体格の良い男たちがちらほらと目立つ。快活に笑い合う声が、どこかの店から響く音色に混ざっていた。ここでも島民と思しき人たちは、皆、サファイアの装飾品を身につけていた。

市場に入った時、菜館の前で楽和が御者に停まるよう声を掛けた。

「腹が減ったな、何か食っていこう」

楽和が馬車を降りた。義英はとまどった。

「すまないが、俺はそれほど持ち合わせがない」

楽和が破顔した。

「俺が誘ったんだ。それに、年下に払わせるつもりなんてねぇよ」

「いや、甘えるわけにはいかぬ」

「はは、お堅いな。それじゃあ、今日は俺の顔を立てるという名目にしてくれ」

これ以上、頑《かたく》なに断るのも失礼になる。義英は夜風を抱いて馬車を降りた。菜館に入っていく楽和の広い背を見つめる。

親しみのある性格だ。白の民に好かれているに違いない。義英は楽和という男に惹《ひ》き付けられていると自覚したうえで、危ういと判じた。領主に従わぬとこの男が決めたら、同調する者が大勢いるはずだ。

菜館の席に義英が着くと、足元に夜風が座った。楽和は机をはさんで正面に腰掛けると、女将《おかみ》に「食べる物を」と言いつけた。

まもなく饅頭《まんじゅう》、卵がふんだんに使われた麺と、蒸し魚がまるまる一尾、湯気を立ち昇らせながら机に並べられた。

夜風の前には、細かく刻んだ鶏肉が椀いっぱいに用意された。

肉も魚も卵も贅沢品だ。義英はためらったが、楽和が大きな口を開けて食べ始めた。白の頭目の子息らしからぬ態度に誘われて、饅頭にかぶりついた。挽肉《ひきにく》が入っていた。いい香りだ。旨味《うまみ》が口の中に広がる。ごくんと飲みくだした時、楽和が夜風の前に膝をついた。

「この猫はおぬしにずいぶん懐いているんだな」

「夜風という。俺の相棒だ」

「よろしくな、夜風」

楽和が手を伸ばし、夜風の頭を撫《な》でる。夜風が糸のように目を細めて喉を鳴らした。

――余に食事を与えてくれたからな。そのぶんは、よろしくしてやっても良い。

「まるで、人の言葉がわかっているみてぇだな」

わかっている、と内心で応える。

「ここでなら気負わずに話せるだろう。島の事情が知りたいと言っていたな。あと、俺に聞きたいこともあるんじゃないか？」

「ああ。……なにゆえ、島の皆がサファイアの装飾品を身につけているのだ？」

楽和がしばし沈黙をした。

「なぜ、知らぬのだ。そなたは、アナスタシア様の仲間なのだろう？」

知っていて当然の知識だったのか。ではなぜアナスタシアも石秀も黙っていたのだろう。アナスタシアは面倒くさかったとか、聞かれなかったからとか言いそうだが、石秀が話さなかった事情はわからない。

「俺は、アナスタシア様が命を狙われたところを助けたのだ。アナスタシア様が天神島の領主となりに行くと知り、さらに狙われる可能性が高いと思った。領主を喪えばこの島が混乱して民が困る……とも。民が困るのを知りながら何もせぬのは嫌だ。だから俺は、アナスタシア様の側にいて、アナスタシア様の、ひいてはこの島の民の役に立とうと決めた」

楽和が苦しそうに顔をしかめた。

「領主様はもう襲われていたのか。そなたは腕に覚えがあるのだな。人の役に立ちたいとは、その若さでなかなか面白いことを言う。いったいどんな生き方をしてきたのだ？」

「俺は……」

義賊だ。しかし、言えないと思った。為政者側から見たら、義賊は盗賊だ。信用されるはずもない。アナスタシアへの心象も悪くなる。今までの生き方を恥じてはいないが、語ることはできない。

それに今、この天神島に義賊が現れたらどうする？

俺はアナスタシアのために、その義賊を捕らえるだろう。必ず民にとって良い島にするからと説得する。この島に義賊は必要ないのだと。――果たしてそう言える土地になるのだろうか。

「ずっと師匠と旅をしてきた。師匠は強くて学のある人だった。困った人を見つけては、手助けをしてきた。人喰《ひとく》い虎を退治したり、官兵も歯が立たない匪賊《ひぞく》などを倒したりだ。もう亡くなってしまったが、俺は師匠の生き方を見習ってきた」

「人助けが生業だったってわけか。本土は混乱していると聞く。助けを求める者も多かろう。アナスタシア様もそのひとりか。だが、サファイアの話はしなかったんだな」

「アナスタシア様がサファイアの指輪をしているのは知っている。だが、石秀殿はしていなかったし……屋敷の誰もサファイアの装飾品は身につけていなかった。島の人たちを見ていて気がついたんだ」

「まぁ、屋敷に仕える者は役人だからな。本土との兼ねあいもある以上、定められた物しか身につけないはずだ」

「アナスタシア様に聞くべきことだったか？」

楽和が軽く唸《うな》ってから、真面目な顔になった。

「いや、教えてやる。天神島にはサファイアの莫大《ばくだい》な鉱床があるんだ。いわば、この島がまるごと宝石というわけだ」

義英はあっと声を上げた。ここは鉄壁の宝島だ。

「だから皆が領主の座を狙うのか！」

女性かつ夷狄《いてき》でもあるアナスタシアを、石秀が三年も掛けて捜した事情もわかった。役人たちにとってはアナスタシアを領主にして傀儡《かいらい》とはいわないまでも言いくるめて少しずつ利幅を増やすことも可能だろう。

義英とアナスタシアは、石秀に利用されているだけかもしれない。

「親父殿はこの島の将来を考えておられるだけだ」

義英は腕を組んだ。それはつまり、白の頭目が島のためにアナスタシアを消すべきだと結論に至った場合、実行する気なのか。

「それでは、黒の頭目はどうだ？」

「あちらさんは……わからんがな。自分さえ幸福であればそれで良いと考えている御仁だ。なにがなんでも領主となって、代々受け継がれている採掘量の決まりを反故《ほご》にし、サファイアで儲《もう》けたいと思っているだろうな」

さらに悪い。義英は眉を寄せた。

「息子の真進兄さんとは、考えがまったく違うのだな」

「そうだ。真進は良い奴だ。うちの親父殿も善人だぞ。このあとは、家に来るといい。紹介しよう」

義英は馬車に乗って大通りを西に進み、山手の方角にある楽和の家に向かった。道は緩やかな坂になっている。

　これから白の頭目に会うのかと思うと、義英は背筋の伸びる思いがした。善人と言われても、それを頭から呑《の》み込むほど愚かではない。けれど、話が通じる相手であってほしい。

　楽和と義英は馬車から降りた。門前には真剣な眼差しをした使用人たちが楽和を待ち構えていた。

「どちらにいらしたのですか若君！　ご主人様が大変なことに！」

「なんだって？」

「とにかく、いらしてください！」

　使用人たちが楽和の両手を摑んで引っ張っていく。義英も、表通りから続く石造りの階段を駆け登った。領主の屋敷ほどではないが、大きな構えだ。左右に虎の彫像がある門を潜り、正房に飛び込んだ。

　正房には四十名ほどが集まっていた。親類縁者と思しき者たちが円卓に座り、使用人たちが立っている。皆が楽和に気づいて、いっせいに周りを取りかこんだ。

「楽和お兄様！　お父様がいなくなりました！」

十代後半の娘が泣きながら叫んだ。淡い桃色の絹に牡丹《ぼたん》の刺繍が施されている袍を着ている。寄りそっている同年代の娘は、深緑色の絹に睡蓮《すいれん》の刺繍の袍だ。泣き続ける娘の背中をそっとさすっている。

「愛佳《あいか》、それに鈴玲《りんれい》まで……」

「鈴玲は私を気にかけてわざわざ来てくださったのです！　お父様のご友人たちも集まってくださって、屋敷の者たちと皆で捜し続けております！」

どうして早く帰って来なかったのかと、妹の董愛佳が楽和を責めた。

楽和が額に手をあてた。

「いなくなったとは、どういうことだ」

頭に包帯を巻いた男が、泣きそうな顔をして前に進み出た。

「ご主人様と霊廟をお参りをしておりましたところ、何者かに殴られました。気がついたら、ご主人様はおられなくて……。ああちくしょう、俺がいたってのに……」

男は床に伏せて、楽和に何度も謝った。

楽和は男に立つように命じた。

「親父殿の様子に、何か変わりはなかったのか？」

小柄な老爺《ろうや》が進み出た。執事だろう。楽和に頷いた。

「はい、若君。お父上はいつもと同じ時刻に、お母上の霊廟に向かわれました」

「お父様は、大丈夫でしょうか？」

愛佳が声を震わせながら、楽和を見上げた。

「何か、気になることがあるのか？」

「もしお父様に何かあったら、皆、鄭の一族を疑うわ。お兄様同士はたとえ仲が良くても、ほかの人たちはそれを許さないもの」

「そうだな……。だが、争いを避けて今日まで来たのに……」

「……この数年留守にしていた、主簿《しゅぼ》の郭石秀が手を回したのではない？」

愛佳の指摘に、楽和が顔をしかめた。

義英は、突然出てきた石秀の名に内心でどきりとした。主簿は領主に直属して、文書や印章を司掌する立場だ。全官属を統率している。周りの者たちは、じっと楽和の言葉を待っている。

「おまえたちは、領主様の仕業と考えているわけか」

「お父様は白の頭目であるのに仮病をお使いになった。お母様の霊廟に少人数でお参りするのは誰もが……郭石秀だって知っているはずのことだもの。狙うのは容易《たやす》かったはず。領主様にご不快な思いをさせてしまい、報復された可能性もあるのでは？」

楽和が執事に眼を向けた。

「仮病を使ったのは鄭氏も同じだ。真義《しんぎ》殿は無事なのか？」

「今探らせておりますが、屋敷にはおられぬようです」

楽和が両腕を組んで唸る。

義英は、アナスタシアは犯人ではない、と思った。アナスタシアは頭目たちの無礼な態度を、まったく気にしていなかった。だが、アナスタシアを領主として認めさせようとする石秀の考えはわからない。

「なに？」

「匂いを嗅がせてはもらえないだろうか」

楽和の声音に苛立ちと困惑を感じとり、義英は足元の夜風を抱き上げた。

「夜風は鼻が利く。お父上の匂いを覚えたら探し出せるかもしれない。衣服などについた香りなどがあるはずだろう？」

「そのようなことができるなら、ぜひとも願いたい！」

義英は楽和とともに、董藤和《とうわ》の書斎に入った。黄花梨《こうかりん》の卓があり、壁には書が飾られている。棚には書物が収められ、卓の上には紙と硯《すずり》が置いてあった。

楽和が執事に、藤和の衣服を持ってくるよう命じた。

「お兄様、その方はどなた？」

泣きはらした目で愛佳が追いかけてきて、楽和に問い掛けた。

「旅人だ。今日、本土から船で天神島についたばかりのな。邪魔になるからあっちへ行ってろ」

納得のいかない様子の愛佳と入れ違いに、虎の刺繍が施された絹の白い袍が運ばれてきた。

夜風が衣服の匂いを嗅いで、鳴き声を上げた。

「よし。一度、霊廟に向かって、お父上の行方を辿れないか試してみよう」

「ああ、そうだな」

楽和が走り出した。

董家の宗廟は、屋敷の裏手から階段を登った場所にあった。反り返る白い屋根瓦と壁に取り囲まれている。

「どこに行かれたのですか親父殿……」

楽和がぐっと拳を握った。

夜風が霊廟の周りの匂いを嗅ぎ回ってから、階段を下りていった。

義英も背後を振り返る。夕陽《ゆうひ》に照らされた白市と黒市の屋根瓦が輝いていた。どちらも茜《あかね》色《いろ》に染まり、渾然《こんぜん》一体となっている。

アナスタシアは命を狙われており、白の頭目は行方がしれない。黒の頭目も屋敷に戻っていない。果たしてこの島に安定をもたらせることなどできるのだろうか。

いや、させてみせる。義英は、決意を抱きつつ夜風を追う。大通りに面したところで、夜風の脚がぴたりと止まった。

「兄さん、ここでどうやら馬車か何かに乗せられたようだ」

楽和が唇に指をあててから問い掛けてきた。

「なぁ、義英よ。これは領主様の仕業ではないのだな？」

素直な男だなと義英は思った。

「アナスタシア様ではないよ」

「ならば、アナスタシア様に直接お話を伺いたい。島を治めるのは領主であり、統べるのは領主によって定められた法だ。領主にはこの島の捜査をする資格がある。ご助力願いたい」

「そうだな、アナスタシア様と話をしよう」

義英は楽和と再び馬車に乗ると、急ぎ馬首を巡らせ、領主の屋敷に戻った。

夕陽は沈みかけ、空は深い藍色に染まりはじめている。

門衛が、駆け込む義英たちの勢いに驚いた声を上げる。

屋敷が広すぎる。肝心の部屋に辿り着くまでが遠い！

義英は中庭を突っ切ってまっすぐ正房に飛び込んだ。アナスタシアはいない。だが、女官がいる。義英は女官にアナスタシアの居所を尋ねた。

「アナスタシア様！　入るぞ！」

「夜風ちゃんなら歓迎する」

義英は足元を見下ろして、夜風と顔を見あわせた。

ここで待っていてくれ。

夜風は頷くかのように、ゆっくり瞬《まばた》きした。

義英は扉を開けようとした。だが、なんだか胸騒ぎがした。

「少し部屋の外にいてくれ」

義英が楽和を見ると、顔がこわばっている。

「もちろんだ。……だいたい、俺までこんなところまでついて来ちまってよかったのか？」

楽和の様子に義英は、領主に対する礼儀が必要だったと思い出した。だが、今は急を要するし、アナスタシアが構うことはないだろう。

扉の中に入る。義英よりも広い居室に書斎が続いている。アナスタシアは帳の降りた寝台にいるようだった。

義英が中を見ると、アナスタシアは酒杯を傾けながら、寝そべっていた。側に本を積み、そのうちの一冊を捲《めく》っている。紙自体高価な品だが、領主ともなれば問題の数にも入らないのだろう。それよりも気になったのは、アナスタシアが髪を解いて背に流している姿と、着ている服が羅衣《らい》一枚だけだという事実だった。肌がうっすらと透けて見えている。

　義英は叫んだ。

「アナスタシア！　なにをやっている！」

　こやつには恥じらいがないのか。どうして俺を部屋に入れた。

　義英がわめくと、アナスタシアが酒杯に口づけて一気に飲み干した。

「なにって、見たらわかるだろう。本を読んでいるんだが。おぬしの夕餉《ゆうげ》なら食堂に用意してあるぞ」

　俺もこの屋敷の住人だと認められている。それは嬉しかったが、喜んでいる場合ではない。

「白の頭目が消えたぞ。何者かに攫《さら》われたと思われる。身に覚えはあるか？」

「何の話をしている」

「石秀殿が動いたと思うかだ」

　アナスタシアは無事に島に辿り着き、領主の座についた。だが、頭目たちはアナスタシアを認めてはいない。役人たちもまた、そのような頭目を目障りだと思っているだろう。

　サファイアの採掘量には決まりがあると聞いたが、差配しているのは役人だ。富に目がくらみ、堕落してくすねる役人なら今まで何人も見てきた。石秀も同じかもしれない。石秀も巨額を動かすことができる。密《ひそ》かに人を雇うことなど造作もないだろう。

「なぜ石秀が出てくる」

きょとんとした眼差しに、義英は焦れったくなった。

「俺にサファイアの鉱床のことを黙っていたぞ！　信用できるのか？」

「ああ……なるほど。あやつなら、やりかねないことだな」

アナスタシアはふっと笑うと、本を置いて身を起こした。

「どういうことだ？」

大きく開いた襟から目を逸《そ》らして、義英は問い返した。

「サファイア目当てで領主に近づこうとしているのか、それとも本心から天神島の民を思ってのことなのか、判じようとしたのだろう」

「……俺は試されたわけか？」

「そうだな。私に、領主になって東西の頭目とともに島の融和を！　としつこかったからな」

義英は黙った。確かに自分も、アナスタシアが東西の頭目に認められ島の采配を執ることのできるよう支えてほしいと請われた。それ以外のことは何も要求されなかった。

「それじゃあ、アナスタシアは白の頭目については関わっていないんだな」

「私は石秀とともに、親父殿の墓参りに行っていた。そのあとは、ずっとここにいる。屋敷の者たちに聞いてもいいだろう。だが、屋敷の者たちの証言は頼りにはならんか。私が命じれば、その通りに言うと思われるしな」

「じゃあ、どうするんだ！　領主の仕業かと疑われているんだぞ！」

領主たるアナスタシアは犯人ではないのだが、義英の心中で石秀に対する疑いは晴れていない。領主がやったのではないと、しっかり民に証明しなくてはならない。

「わかったわかった、では領主として命じる。密かに東西の市を調べよ」

アナスタシアが手をひらひらとさせ、背を向けた。

「いま、白の頭目の息子、楽和殿が来ている。顔合わせをして、身に覚えのないことだと伝えて、安心させてやってほしい」

義英は扉の外を指さした。

「面倒くさいな」

アナスタシアがゆっくりと寝台に横たわり、再び本を手に取る。

義英はアナスタシアの寝台を叩いた。

「いいかげんにしてくれ！　このままじゃ、白と黒の争いに、領主も加わることになる。これで、どうして天神祭りが開催できる。民が安心して暮らせる？　アナスタシア、そなたはどうしてもっと懸命に島のことを考えないんだ！」

「それじゃあ、逆に聞く。どうして考えなくてはならないのだ？」

寝台に両肘をつき、顎を乗せて、上目づかいで問い掛けてくる。その瞳には、義英に対するからかいのようなものはなく、澄んでいた。

「どうしてって、民のためだろ」

あたりまえだと答えると、アナスタシアはつまらなさそうに寝転がった。

「民が私に何をしてくれた？　もともと、今まで島とは無関係に生きてきたんだぞ。私がいなくても、この島はうまく回っていくさ」

「いかない！　今日は演舞を見たんだ。東西の民はすでに戦いを見据えている。これでは領主の座を巡って争いが起こる。そしたら、傷ついたり、悲しんだりする者が出てくる。俺はそんなの嫌なんだ」

「私の知った話ではないな。嫌なら、おぬしがなんとかすればいい。どうしてほしいか言えば、そのように動いてやろう」

「約束だぞ！　だったら、まずは、服を着替えろ！」

義英は怒りながら部屋を出て扉を閉めた。

楽和の眼光を感じて、落ちつけと自分に言い聞かせる。

「身支度を整えている。少し待ってくれ」

「わかった」

義英は腕を組み、アナスタシアの言葉を思い返しては苛立ちを覚えた。アナスタシアさえしっかりしてくれれば、何も問題はないはずだ。

じりじりと焦れながらアナスタシアを待った。いつまで経っても声が掛からない。

「アナスタシア様！　まだか！」

「まだだ」

「着替えるだけなのに、なにをそんなに手間取っている！」

「女の身支度には時間が掛かるものだ。隣の男にも聞いてみよ」

楽和が腕を組んだ。眉間には皺が寄っている。

「……だが、急いでいる」

そうだよな。

義英は堪らず、アナスタシアの部屋の扉に手を掛けた。

「入るぞ！」

扉を大きく開くと、アナスタシアはいなかった。窓が開け放たれ、風が吹き込んできた。机の上で、紙がはためいた。サファイアの指輪とともに、書置きがあった。

『遊んでくる』

義英は紙を握りしめた。

「あの馬鹿！」

義英は紙と指輪を懐に収めると、部屋の外に飛び出して楽和に呼び掛けた。

「悪いが、屋敷に戻っていてくれ」

「どうしたんだ？」

まったく、本当に、どうかしている。

義英は言い訳をしようかとも考えたが、素直に答えることにした。

「……アナスタシア様も姿を消した。楽和兄さんのお父上も、責任もって俺が探す」

「俺も行こう」

「ついてこられるのならば」

義英は部屋の窓から飛び出した。

「夜風、アナスタシアの匂いは覚えているよな」

——わかっておる。

耳をぴんと立てると、夜風が全速力で走り出した。義英は夜風を追いかける。塀の側に椅子が置いてあった。

○8○

ここから出たのか。

義英は塀を飛び越えた。夜風は東の方角に駆けた。

楽和の足音はしばらくしたら聞こえなくなった。

夜風が向かったのは黒の市場だ。灯籠が吊りさげられている。人通りが多くなっていく。夕食を食べる子供連れの家族や、商店から客を呼ぶ女たちの声もする。市場は西よりもにぎわっていた。

夜風は速度を落とし、地面の匂いを確かめながら進んだ。義英は夜風が踏みつけられないように守りながら、あとについて行く。夜風は酒場の前で足をとめた。

——ここだ。

義英は酒場に入り、店内を見回した。杯を持った人々がたくさんいた。義英の知らない曲を店の中央で楽人が奏でている。異国風の人物もいたが、アナスタシアの姿はなかった。義英は店主に声を掛けた。

「赤髪の女を知らないか？　この店にいたはずなんだが」

「知らねぇな」

「赤い髪が鮮やかで、目は碧眼で、背が高くて……」

「見てねぇって言ってるだろ」

「間違いなくいたはずだ！」

夜風が匂いを辿ってきたのだから間違えるはずがない。店主がうるさそうな顔をした。

「髪が赤いねぇちゃんは知らないが、黒い髪で碧眼の背が高い女なら、いた。豪快に酒を飲んでたぞ」

「黒髪だって？　……他に何か言ってたことはないか」

「賭場はあるかと聞いてきた」

「教えた賭博は、どこだ？」

店主が腕を組んで、にやりと笑った。

「なんだい、ずいぶんご執心だな。その赤い髪の女は、にいちゃんの女なのかい」

「そんなんじゃない！」

義英は店主に賭博の所在を聞くと走り出した。

こんな時に何を遊び歩いているんだと、怒りが増してくる。だが、アナスタシアのほうが先に見つけられそうだ。それから急いで白の頭目がどこにいるかも捜さねばならない。

賭場は酒場から路地を二つ曲がったところにあった。さいころの飾りと灯籠が軒下に吊られており、黒楼賭《こくろうと》坊《ぼう》と書かれていた。

黒楼賭坊の前には、二人の護衛が立っている。

猫は追い払われるかもしれないな。

義英は夜風に眼を向けた。夜風がするりと義英の陰に入る。

夜風と呼吸を合わせて、義英はしれっと黒楼賭坊に入った。

楼内には、いくつも円卓が置かれていた。円卓に座る人々の姿を、蠟燭《ろうそく》が照らしている。彼らは賭け事に夢中で義英には目もくれない。けれど、使用人たちは皆どこか張り詰めた面持ちをしている。

軽く脛に夜風が触れた。振り返ってみるとアナスタシアがいた。髪が黒かった。鬘《かつら》を被っているのだろう。髪色が違っていても、義英はアナスタシアを見間違えることはない。

義英はアナスタシアの座る円卓に急いだ。

アナスタシアは、六人の男女とすごろくをしていた。円卓いっぱいに広げられた紙に、ます目が描かれている。さいころをふって、ますの中にある駒を進める遊戯だ。ます目には官職が記されていた。最も早く高い官職についた者が勝者だ。

そなたはもう領主だろうが！

義英はアナスタシアの背後に立ち、怒鳴りたいのを堪えて囁《ささや》いた。

「屋敷に戻れ」

「おお、夜風ちゃんか！　よくここがわかったな」

アナスタシアが振り返って、夜風に向かって微笑んだ。

「そなたの匂いを夜風が辿った。俺は白の頭目を捜しに行かねばならない」

義英はアナスタシアを連れ出そうと肩を摑んだ。

アナスタシアが義英の手に、そっと手を重ねた。

「まあ聞け。この賭場には隠し部屋があるらしいぞ」

「……どういうことだ？」

「私は賭けが好きでね。船の中で島の者をつかまえてちょいと遊んでいたんだ。そこで黒市には、いわくつきの賭場があると聞いた。黒の頭目に逆らった者は、黒楼賭坊の隠し部屋に閉じ込められる、とね。白の頭目と対立しているなら、黒市で監禁されているかと思ったんだ。しかし、よほど私が気に食わないようだな。祭りに関しても、白の頭目は自ら進んで準備をおこなっているが、黒の頭目は渋っていると聞いたよ」

「なんで俺に話さなかった。調べるのだって、俺がやる仕事だろう」

「お飾りでいるのも退屈なんだ。私がやってはならぬという法もあるまい。それに、賭場に行くと言ったら、止められると思ってね」

そうだろうとアナスタシアの瞳が悪戯《いたずら》っぽく問い掛けてくる。

「……それで、隠し部屋はどこにあるんだ？」

「そんなことまではわからない。私は今、良いところだから手が離せない。もう少し待て」

——そんな女に構うことはない。

夜風にうながされて、義英はアナスタシアに背を向けた。白の頭目がここに監禁されているのなら、隠し部屋に繋《つな》がる場所に匂いが残っているはずだ。

天井を見上げる。隠し部屋が二階にあるとしたら、階段を通らねばならない。人目につくし、閉じ込められた者が暴れられたら楼中に響いてうるさいだろう。

阿片窟の老婆は地下に隠し部屋を持っていたが、黒楼賭坊も同じだろうか。

楼の奥にどう進もうかと思考を巡らした時、アナスタシアがいる円卓から歓声が上がった。人が集まっていく。賭場の使用人たちの注意が逸れた。

義英は懐から布を取り出すと、頭巾として被った。

「酒が足りないってさ」

義英は戸を開けて、するりと中に忍び込んだ。

「すげぇ強い女が現れたぞ！」

すれ違う使用人たちが、賭場に向かって行く。

アナスタシアのことか？　なにをやってるんだ。正体を知られたら命が危ういんだぞ！

けれど、アナスタシアのおかげで隠し部屋を探しに行ける。本人に力を貸したつもりは微《み》塵《じん》もないだろうが。

足早に夜風と厨房《ちゅうぼう》を横切る。厨房の向こうに裏口が見えた。

――白の頭目の匂いがする。

夜風が尾を立てると走り出した。通路を二度曲がり、透かし扉の前でとまって鼻先を動かした。中には誰もいないとみえる。

義英は扉を開いた。書斎だ。正面に卓があり、左右の壁には書棚がいくつも置かれている。部屋を一通りぐるりと見渡す。行き止まりのはずはない。

夜風が左側の奥から二番目にある書棚に額をこすりつけた。

隠し扉か。

義英は腕を組んで書棚を眺めた。どの棚板にも埃はない。本をいくつか押してみるが、変化はない。壺が飾られているので手に取ろうとすると、接着されていた。義英は壺を摑んで前後左右に揺らしてみた。書棚が微かに前に動いた。

棚板を摑んで手前に引くと、書棚は中央から両側に開いた。奥には地下へと続く階段が現れた。急いで駆け降りる。煉瓦で造られた広い空間だ。左右に扉が付いた部屋が三つずつある。

見張りが二人いた。

義英には、まだ気づいていない。

　義英は気配を殺して階段の陰に隠れた。夜風が壁を引っ掻く。物音に気づいて、一人近づいてきた。後ろから腕を伸ばして左手で口をふさぎ、右腕を使って首を絞め上げる。体が重くなるのがわかった。意識がなくなったのを確認する。

　しばらく待つと、戻らない一味の様子を見にもう一人が来た。一人目が白目を剝《む》いて倒れているのを見て、慌てた様子で周囲を見回すが、義英の姿を見つけることはない。義英は二人目も同じように気絶させた。

　夜風が左の奥にある扉に向かった。鍵は掛かっていない。義英は肩でそっと扉を押し開ける。

　円卓に男二人が座っていた。一人は奥に、もう一人は手前に座っている。どちらも袍を纏っていた。円卓に置かれた灯りが、奥に座る五十代の男の優越に浸った表情を照らしていた。背後には帯剣した護衛を従えている。

「白の頭目を帰してもらおう」

「何者だ！」

　護衛が剣を抜くよりも先に、義英はその懐に飛び込む。顎に叩き込んだ肘の一撃で、護衛の身体は一瞬宙に浮かぶと、そのまま崩れ落ちた。

　傍らで、椅子が倒れる音と、何か重たい塊がどさりと投げ出されるのが聞こえた。音の方角を見やると、贅肉のついた体を、黒染めの絹の袍で包んだ男がいた。護衛を倒した時に、驚いて椅子から転げ落ちたのだろう。

「おまえは誰だ？」

義英は床に尻をつけている男に問い掛けた。絹の服を着ているとは、金満そうな男だ。

「……その男は黒の頭目、鄭真義だよ。そなたは？」

義英の問いに答えたのは、円卓の扉側に座り、腕を縛られた男だった。黒髪に白い毛が混じっているが、体を鍛えているとみえて若々しい印象だ。肩幅が広く、楽和に似た目鼻立ちをしていた。

「俺は領主の代理だ。貴殿が白の頭目の董藤和殿か。鄭真義殿も座ってくれ。お二人と話がしたい」

義英は藤和の手を縛っていた縄を解いた。

「史星彩の代理だと？」

真義がアナスタシアの別名を呼びながら床に手をついて立ち上がり、土埃を払うと椅子にどっかりと座った。

「なぜ、董藤和殿を攫った。それも、領主に疑いが掛かるような形で」

真義は、歪《いびつ》な笑みを浮かべて沈黙した。

「私が姿を消せば天神祭りはおこなわれることはない。領主が戻っても、采配が執れぬと踏んだのだろう」

答えたのは藤和だ。

「領主は戻った。白と黒の頭目は、領主に従えばいい。そうすれば島で争いが起きることもなく、民は平穏に暮らせる」

藤和は目を見開き、真義は義英を笑った。

「ぽっと出の女、しかも異国の血が混ざった者に、領主など任せられるものか！」

真義が椅子から立ち上がり、去ろうとする。

義英は護衛が持っていた剣を突きつけた。

「わしを黒の頭目とわかっていて脅すのか？」

真義が義英を睨みつけた。

「話し合いたいだけだ」

義英の言葉に、藤和が首を振る。

「簡単な話ではない」

「サファイアがあるからか？」

藤和が義英をじっと見つめた。

「史星彩様は、この天神島の将来を考えておられるのか？」

「……まだ天神島に来たばかりだ。どのような領主となるかは、アナスタシア様の振る舞いを見て判じてもらいたい」

　アナスタシアには島民という自覚もなければ、親しみもない。しかし、義英が望むなら、動いてやると言っていた。

「そなたに助けられたことは確かだ。強いな。だが子供だ。我が息子が、手合わせをしたがるだろう」

　藤和は義英に、ゆっくりと穏やかに、まるで諭すかのように告げた。

　義英には、まだ息子の相手をしているくらいがちょうど良いと、経験の乏しい子供の言うことなど聞かぬと言われている心地になった。

　しかし、長く生きてきたことに何の意味がある。何を為してきたかが重要ではないのか。

　義英は彗星王として名を上げてきた。けれど、この島では、まだ何者でもない。

　しかたがない、領主の権威を借りるか。

　悔しく思いながら、義英は刀を円卓に突き立てた。懐から、アナスタシアのサファイアの指輪を取り出す。

「俺は貴殿らよりも若い。それは確かだ。だが、領主の指輪を預かっている者だ。ここはちょうど賭場だな。では、賭けをしよう。一年の期限を区切ってそれまでにアナスタシア様が領主として島民たちに認められなければ、白と黒の頭目で決着をつけてくれ。その代わり認められた場合は、どちらも領主に忠誠を誓ってもらいたい」

藤和と真義が沈黙した。

「領主としての権利を、委譲するわけだな」

真義が口に手をあてる。しかめっ面をしているが、笑みを堪えているのがわかる。完全に義英と領主を侮っている。馬鹿な話をしていると思われているに違いない。それでもいい、義英は頷いた。

「この話は、アナスタシア様には伏せる。貴殿らも、誰にも言わぬと誓ってもらおう。これは、今日この場で交わされる三人だけの密契《みっけい》だ」

真義が倒れている護衛を蹴りつけて、「紙と筆を持ってまいれ」と命じた。

文章は真義が書き、署名して捺印《なついん》した。亀の文様が刻まれた印章だった。藤和と義英もそれに続いて署名したのち、刀を使って指を傷つけ血判を押した。同じものを三枚作り、それぞれが持つ約束になった。

真義はすでに島を手に入れたような笑みを浮かべている。藤和は険しい表情をして紙を折りたたんだ。

義英は、彗星王ではなく自分の名が記された書面を見て、胸に熱い風が吹くような心地になった。必ず、アナスタシアの心を島民のために変えてみせる。

書面を懐におさめて賭場に戻ると、アナスタシアはまだ円卓にいた。まわりには人だかりができている。掻き分けて、アナスタシアに呼び掛けた。

「解決した。帰るぞ」

「おお、そうか。それでは私が勝ち続ける必要もなくなったな」

アナスタシアが笑顔を浮かべて席を立った。円卓に座る者たちが不満の声を上げ、観衆たちが引き留める。

「なんだって？」

義英の問い掛けを聞き流して、アナスタシアはさっさと賞金を手にすると、賭場を出た。あたりはすっかり暗くなっていた。アナスタシアが伸びをする。空には星々が煌めいていた。義英はアナスタシアを追いかけて、腕を摑んだ。

「いかさまでもしたのか？」

「言いかたが悪いな。私は運を天に任せるようなことはしないだけだ」

「どうやった」

「さいころの目を、思い通りに出すことができる」

それはいかさまと言うのではないか。

義英はこみ上げた言葉をぐっと呑み込んだ。簡単に言うが、習得は容易くはなかったはずだ。天神島に来る船の中で、石秀から、アナスタシアが十五歳で母親を亡くしたという話を聞いた。守ってくれる大人を喪ってからのアナスタシアは独りだった。どんな手を使っても、生き延びようとしてきたのだろう。

「だが、勝ち続けたら怪しまれるだろう？」

「いつもはうまくやる。だが今夜は、あえて疑われるようにやった。そうすれば隠し部屋に連れていかれただろうからな」

「危うい真似を！　隠し部屋に連れていかれたら、どうやって脱出するつもりだったのだ！」

「そこはほら、夜風ちゃんが私の匂いを覚えてくれたからな！　どうせおぬしもついてくるだろうしな。三つ巴《どもえ》の戦いは、これで解決できそうか？」

アナスタシアが夜風に向かって、にこにこと手を振った。

――好きで覚えたわけではないわい。

夜風がすっと義英の後ろに隠れた。

「俺たちをあてにしていたわけか」

アナスタシアが、ふふと笑った。

「おぬしが先に隠し部屋を見つけたおかげで、私は単に儲かった。礼というわけではないが、今度、本土に戻る船が来たら船賃を出してやろうか？　この資金を元手にサファイアを買って帰れば、一儲けもできるしな」

アナスタシアの言葉に、義英はうろたえた。

「もう本土に帰る気か？」

「墓参りは済んだしな。おぬし、気づいているか？　この島にサファイアがある限り完全なる平穏などは訪れぬぞ。石秀の話を聞いただろう、領主は法とならねばならない。この言葉の重みがわかるか。私は過分な贅沢には関心がないし、自由な生きかたが好きだよ」

義英は先代の彗星王に助けられ、困っている人を救う姿に憧れ、英雄だと思った。自分もそうなりたいと生きてきた。

だが、誰の力も借りずに生きてきた者に、人のために生きろと言うのは難しいことなのだろうか。

しかし、アナスタシアには贅沢に溺れない自制心と、度胸と、賢さがある。義英は、アナスタシアの前で、石畳に膝をついた。

「アナスタシア、そなたがいないと守られない平和がある。今この世で、俺が一番そなたを必要としている。どうかここで、天神島の民の暮らしを支えると俺に誓ってほしい」

領主となることを定められた人なのだ。義英は、アナスタシアならば公平な法となり、民の役に立ち、島を守っていけるのではないかと思った。

そのためなら俺は、なんだってしよう。

今はやる気がなくとも、きっと変われるはずだ。

アナスタシアは黙っていた。互いに見つめ合ってはいたが、アナスタシアはどこか義英には読めない遠い先まで思考を巡らしているようでもあった。

アナスタシアがふっと笑った。

「本土に戻るのも難破の危険があるからな。飽きるまでなら滞在してもいい。彗星王が誓えと言うなら、そうしよう。だが忘れるな、言わせたのは義英だぞ」

アナスタシアの心を、わずかではあるが動かせた気がした。

義英はアナスタシアに礼拝すると、強く「応！」と答えた。

## 5

善載元年の十二月末、子《ね》の刻、青色の袍を纏った義英は天神廟の天井の梁《はり》に隠れていた。廟の中は燭台が置かれ、香が焚かれている。祭壇の前には、アナスタシアが座して神と先祖を迎えるための祈りを奉げていた。赤い髪を金の簪で飾り、濃い藍色に染められた袍を着ている。袍は襟と袖が紫になっており、金と銀の糸で龍が刺繍されていた。

廟の外からは、神に奉げる若者たちの演舞の音が聞こえてくる。

義英は隣にいる夜風を見た。

――まだ、誰も近づいてはおらぬ。

新年を迎える天神祭りは神事だ。アナスタシアを領主の地位から失脚させたいのであれば、祭りを妨害するのが一番だ。そうすれば、神と祖先がアナスタシアを認めなかったことになる。

中断などさせぬ。

天神廟の外で、ひときわ大きく銅鑼が鳴った。演舞が終わったのだ。義英は梁から降りると廟の物陰に潜んだ。

アナスタシアが祭壇に置かれた位牌を見つめて、ふっと苦笑した。

「あなたのようにはならぬと決めていたのに、こうしてあなたの遺した衣を着ることになろうとはな」

アナスタシアが立ち上がり、祭壇に背を向ける。

向かう先は、天神廟の扉だ。

「行くぞ」

声に扉が外に開かれる。

広場を灯籠が照らしていた。東西の頭目が並んで膝をついているのがわかった。楽和と真進の姿もある。背後には演舞を終えた若者たちと民が集っていた。

「我が名は史星彩――否、アナスタシア！　ここに天神島の領主となったことを宣言する。神々と祖先に代わって我が民に命じる、祭を始めよ！」

アナスタシアの声は夜の天神島に朗々と響き渡った。

「我ら東西の頭目は、領主アナスタシア様のお言葉に従います！」

広場に集まった者たちがいっせいに跪拝《きはい》する。

爆竹が鳴り、花火が上がった。

民が顔を上げる。笑顔で、新しい年の始まりを喜んでいる。見守るアナスタシアの堂々とした立ち姿を見て、義英の胸に熱いものがこみ上がった。

美しい。絵になる光景とは、こういう刹那なのだろう。

――惚《ほ》れたのか？

夜風が背を叩くと、義英は我に返った。アナスタシアに見惚《みと》れていた。

義英は奥歯を噛んで、「そんなわけない！」と夜風に応えた。

第二章

# 流れ星の行方

# 1

善載《ぜんさい》二年の一月五日、未字《みじ》（午後一時）を知らせる鐘が鳴った。青い袍《ほう》を纏《まと》った王義英《おうぎえい》は、天神廟《てんじんびょう》の中から扉の外を見た。よく晴れていて、陽気が心地よい。

ひときわ大きな泣き声が廟の中に響き渡った。

義英はアナスタシアを見やった。髪をきっちり結い上げて、袍を着ている。廟の中央にある椅子に腰掛けて、幼児たちに取り囲まれていた。

幼児の年齢はまだ歯も生えてない赤子から、自分で立って話せる三歳児まで、廟内に百人ほどいる。親も付き添っているので身動きとるにも苦労する混雑ぶりで、喚《わめ》き声やあやす声、引き止める声に笑い声が色々なところから聞こえてきてにぎやかだ。

本土の孤児院では、子供たちが集っている姿をよく見た。妙に人懐っこい子もいれば、荒《すさ》んだ目や、暗い顔をした子たちもいた。孤児院に子供があふれんばかりにいるのは、時世がそうさせているからだと先代の彗星王《すいせいおう》が話していたのをよく覚えている。

しかし、今日は親に愛され、守られている幼子たちが領主のもとを訪れている。

アナスタシアが二歳くらいの子供を抱き上げた。親が子供の名を告げると頷《うなず》いて、「天神の加護を与える。虎のごとく雄々しく、亀のごとく聡明《そうめい》であれ」と子供の頭を撫《な》でる。親はアナスタシアに感謝の言葉を告げて、子供と一緒に、にこやかに廟を出て行った。

　これは、先代領主が亡くなってから三年の喪の間、途絶えていた儀式だ。その年に生まれた子供に、領主が祝福を与えるという内容だそうだ。

　義英は廟の壁に背を預けながらアナスタシアを見守り、夜風《よかぜ》は子供を避けて天井の梁《はり》にいる。

　三年間の空白を経て、天神島《てんじんじま》にいる三歳までの幼児は、千人は下らないだろう。アナスタシアは意外にも、この仕事は嫌がらなかった。かといって、喜んでいるのでもなさそうだ。子供が別格に好きなわけではないのだろうが、嫌いでもないのだろう。淡々と一人ずつ抱きかかえては、丁寧に撫でていく。

　ときおり、アナスタシアの膝のうえで眠ってしまったり、暴れたりする幼子もいて、服には涙やよだれの染みがついてしまうのだが、アナスタシアは気にした素振りを見せなかったし、周りで見守る石秀《せきしゅう》や燈実《とうじつ》といった役人たちも、廟を走り回る子供たちを抱えたりしながら、穏やかな微笑みを浮かべている。

　うん、いい光景だ。

　義英はなんだか嬉《うれ》しくなった。義英は、自分が望まれて生まれた子供なのかはわからない。

気がついた時にはもう孤児だった。親に恵まれている幼子を見て、羨ましいと思う気持ちもあるが、それ以上にアナスタシアが治める天神島の未来を担う子供たちが、元気に育ってくれればいいと願う気持ちが強い。

アナスタシアはどう思っているだろうか。アナスタシアも母親を亡くして、若くして一人で生きていくことになった。運命を嘆いてもどうにもならないとはわかっているだろうが、もう受け入れられたのだろうか。

毎日早朝から何百人もの幼子たちを丁寧に見ていったので、儀式は三日目の夕暮れになってやっと終わった。

「ああ、疲れた」

アナスタシアが肩を揉《も》みながら椅子から立ち上がった。子供ひとりは軽いものだが、すべての子供を抱き上げてやるのだから、結構な重労働となっただろう。

いつものアナスタシアは物事を簡単に投げ出そうとするが、今日に関してはねぎらっても良いだろうと義英は思った。

「この三日間、領主としての振る舞い、ご立派でした。屋敷に戻る前に一息入れますか？」

石秀がアナスタシアに告げた。

「そうだな。少し休んでから戻ろう」

義英は夜風を呼ぶと、アナスタシアとともに廟の奥にある小部屋に向かった。

「あれ？」

アナスタシアが小部屋の卓を撫でた。

「どうした？」

「いや……」

アナスタシアがしゃがみ込み、椅子をどけて、卓の下を見ている。義英は石秀と視線を見合わせた。アナスタシアは、卓からひょっこりと顔を覗《のぞ》かせると、顎に手をあてて部屋を見まわした。

「……失くした？」

アナスタシアが卓を指で叩《たた》きながら呟《つぶや》いた。

「何をですか？」

石秀が問い掛けるが、アナスタシアは義英たちを見ない。

「いや、思い違いだったかな。屋敷にある……はず」

珍しくアナスタシアが言い淀《よど》んだ。どこか弱気な姿だ。義英はアナスタシアのそんな姿を初めて見た。何か大事な物でも置いていたのだろうか。

義英が再度問い掛けようとした時、石秀が、

「もしかして、指輪ですか？」

と言った。

アナスタシアが弾《はじ》かれたような顔をして、朗らかに石秀に近づいた。

「おまえ、持っているのか！　あ、いや、悪かったよ、邪魔で……つい卓に置いたままにしていた」

アナスタシアが石秀に「すまない」と軽く二度言って、右手を差し出した。

だが、石秀は動かなかった。

「残念ながら」

「えっ？」

アナスタシアが棒立ちになった。

「失くしたのですね」

石秀の言葉に、アナスタシアが椅子にどっかりと腰を掛けた。

「いや、屋敷にある、……はずだ」

「私の記憶では、アナスタシア様がこの部屋に入った時には、指輪をつけておられましたから、屋敷には、ないでしょうね」

石秀はきっぱりと告げた。

「おまえ、平静だな」

アナスタシアがじとっと見上げると、

「そう見えますか？」

と石秀は淡々と聞き返した。アナスタシアが肩を竦《すく》めた。

「いや、見えないよ。……いったい何処《どこ》に行ったんだろう」

声がさらに沈んだものになった。義英は、唇に指をあてた。

「まさか、サファイアの指輪を盗まれてしまったのか？」

アナスタシアと石秀が、黙って義英を見つめた。何が起きたかは、それだけで確定だ。

義英は叫びたくなった。

この俺がついていたのに！

今日の天神廟は混雑していた。子供たちに親たち、参拝者が集まっていた。だが、廟の奥の小部屋には見張りの役人が常にいる。それでもサファイアの指輪は奪われたのだ。

義英は足元に目をやった。夜風も驚いている様子だ。青と金、両方の瞳孔が丸く大きくなっている。

「やっぱりどこにも落ちてないな……盗《と》られた、のか……」

「貴女様の指についていない以上、そう考えるのが妥当かと」

「参ったな。……あんな『重い物』を盗るなんて物好きがいるとは思わなかった」

「アナスタシア様」

「親父殿は男だから気にならなかっただろうが、あの指輪は私には大きすぎるんだ。人差し指になんとかつけられるが、慣れてない指だからどうにも邪魔で、つい」

「アナスタシア様」

　石秀の声が明らかに変わった。石秀は一歩アナスタシアの前に進み出た。合わせた両手を前に掲げ、重々しく述べ始める。

「指輪は領主としての権威の象徴です。他人の手に渡るなど万が一にもあってはならぬこと。もしそうなれば領主の権威のみならず、東西の頭目の信頼を、この島を造り上げた神々と祖先を汚すものとなるのは必定。かつて先代が、アナスタシア様に指輪をお渡しになっただけでも、島中が大騒ぎになったものです」

「……そんなことは知らない。指輪はあくまで何かに用立ててくれと、親父殿から渡されたまでだ」

「貴女様にとってはそれだけだと？」

「それ以上の意味を、私が感じていると思うか？」

「そうですか。では是非もなし。私は本日をもってアナスタシア様のお側を辞したいと思います」

義英は耳を疑った。アナスタシアが声を荒らげる。

「突然、なにを言うのだ。ならぬぞ！」

「なにを言うとは私の言葉です」

石秀の目は鋭く、顔色はいつもより赤くなっていた。

「私がアナスタシア様に仕えるのはあなたが領主であるからこそ！　ようやくお越しいただきましたが、ここまでその自覚をお持ちでないのであれば、私にもその根拠はなくなります。ならばこの場を去ることになんの矛盾がありましょうや」

「ならぬ。それは許さぬ。どうしてもと言うのであれば、今おぬしを捕らえて牢屋《ろうや》に放り込むぞ。それでもいいか」

「もしそうするのであればいっそ死罪をお命じくださいませ。領主の証《あか》したる指輪を持たぬ主人のもとに留《とど》まることなど私にはできませぬゆえ」

「何を言ってんだ！」

義英は思わず声を荒らげた。石秀の態度はもはや恫喝《どうかつ》に等しい。君主の自覚がない者のもとでは働けない――もはや命を投げうっても辞す覚悟と、その目は底光りしている。

「ちょっと待ってくれ。指輪を見つければいいんだろ？　俺が探し出すから。彗星王である俺を出し抜いた泥棒を、必ず捕らえてみせるから！」

義英の訴えに、アナスタシアが額を押さえて、石秀に呼び掛ける。

「聞いての通りだ。領主の名に懸けて、指輪は必ず取り戻す。ゆえに、おまえが立ち去る必要はない」

「盗みをしそうな人物は、いるのかい？」

義英は石秀が「否」と言う前にと、続けざまに問い掛けた。

「私は長い間、島を離れていましたから、島の事情に精通しているとは言い難いです。燈実にも話を聞き、あくまでも極秘で、調べを進めていくしかないでしょうね」

きっぱりと石秀が言った。

アナスタシアは輿《こし》に乗り、石秀を従えて屋敷に戻った。義英もまた、自室に帰った。

夕餉の支度ができたと聞いて、食堂に向かった。食事はアナスタシアと一緒にとることにしている。アナスタシアは静かで、会話はなかった。食べ終えてから、義英は夜風とともに庭先に出た。

屋敷は、軒下の吊《つ》り灯籠が眩《まぶ》しかった。空を見上げると、上弦の月が出ていた。雲がなく、銀河が輝いている。

「このまま、眠ってもいいのだろうか？」

義英は夜風を見おろした。夜風は応えない。尻尾の一つも動かさず、静かに義英の隣に寄りそっている。義英はぐっと拳を握ると、中庭を走ってアナスタシアの居室を訪ねた。

夕方に見せた石秀の態度は、領主に仕える身として発した真剣な叫びだ。義英もまた、強い気持ちで指輪を探そうと思っている。決してアナスタシアを見捨てようとするのではない。それを伝えたい。だから会いたかった。

義英はアナスタシアの居室の扉を開いた。羅衣《らい》を着たアナスタシアが、ひとり立っていた。音に気づいて、義英を振り返る。

義英は言葉を失った。アナスタシアの頬を涙が伝っていた。どこかぼんやりとした顔で、義英を見つめた。隠れなくては、と義英は焦った。

見てはいけないものを見てしまった。けれど、今さら取り返しがつかない。どう声を掛ければいいか迷っていると、アナスタシアのほうが袖で涙を拭って、いつもの、にやりとした笑顔を浮かべた。

「どうした？　眠れないのか」

急に表情を変えられて義英はとまどった。この平気な態度が演技だとはさすがにわかる。

アナスタシアは夕方、明らかに石秀に気圧《けお》されていた。領主としての自我を目覚めさせるためだったかのもしれないが、死をも辞さない石秀の態度はアナスタシアを怯《ひる》ませたのだろうか。

改めて自分の背負うものに恐れを抱いたのか。自分の言葉一つで目の前にいる者がいなくなる、その危険に怯《おび》えたのか。

アナスタシアの涙には、どんな意味があるのだろうか。

「ええと、……うん」

アナスタシアは「そうか」と椅子に腰掛けた。このまま立ち去るべきか、何か声を掛けるか、どうしたらいいのか義英は悩んだ。どんな慰めの言葉を告げたって意味はない。指輪を渡してやるほかに、アナスタシアの元気をとり戻す方法はない。

だけど、悲しい時に、ひとりでいるのは辛《つら》いのでは。義英が動けずにいると、アナスタシアが目を細めてふっと微笑んだ。

「私の母は幼い頃に遠く北の国から拐《かどわ》かされたが、逃げ出したはいいが国に戻ることもできず、本土の租《そ》界地《かいち》で暮らしていたのだ。裕福な家で生まれたのか、ある程度の金品は持っていたようだけれど、病弱な人でね、ほとんど薬代に変わってしまった。今考えれば、親父殿は遊学の際に母と出会ったのだろうな。母をとても愛していた。母も、親父殿を愛していた。だが親父殿の訪れをあまり歓迎していなかった」

アナスタシアが言葉を途切れさせた。見つめる先は、本土の方角だ。

「何か、あったのか？」

義英の呼び掛けに、アナスタシアが肩を竦めた。

「たぶんだが、島の海流に親父殿が呑《の》み込まれる事故を恐れていたのだろう」

アナスタシアは自らが天神島に来ることになってようやく、島の事情と、海流について石秀に教えられたのだろう。ならば、アナスタシアは自分の父親のことを、どう思っていたのだろう。

「父上が天神島の領主とは知らなかったのか？」

「まったくな。訪れるのも年に数回であったし、いつも辮髪《べんぱつ》帽子を被って現れた。本土の人間であるなら、よほど王朝に恨みを持っている者だと思っていた。裕福そうな外見から、他に家庭があるのではないかとも疑っていたくらいだ。だから、素性を聞いてはならぬと感じていた。親父殿のほうも、私とは深く接しないようにしていた感じがする」

「でも、親子だったんだろう？」

義英には、両親がいる家庭がどのような感じなのか想像できない。孤児であったが、先代の彗星王には大事に育てられた覚えがあるし、両親を探そうという気持ちは微塵《みじん》もない。

「そうだな。優しくしてもらった覚えはある。だけど、母が病気に倒れて、もう死ぬだろうと診断されてからは一度も現れなかった。何も言わず、あのサファイアの指輪を私に残していった。そこは、正直なところ恨んでいる。母が一番必要としていた時に親父殿はいなかったのだから」

親子とは何だろうな。アナスタシアの独白に義英は答えを持たなかった。

「どうして会いに来なかったんだろうな……」

アナスタシアたちを天神島に連れ帰ることなく、指輪だけを渡していった。

義英は先代領主の心の内を想像しようとしてみたが、まったくわからなかった。自分が孤児だからだろうか。どちらの親の顔も覚えていない自分に、親の気持ちをわかろうとするのが無謀かもしれない。だが、このまま黙っているわけにもいかない。

考えあぐねている義英の様子を見て、アナスタシアが目を細めた。

「今こうして領主の座にいると、なんとなくだが、父が私たち母娘《おやこ》を島に連れ帰らなかった事情は呑み込める」

「それって、どんな?」

「私に自由を与えようとしていたのだろう。私は母と違って出歩くのが好きでね、ほとんど花街の女たちに育てられたようなものだ。租界で、女二人で暮らしていけるのは、そのあたりしかなかったからな。母が死んでからは、私は賭博の腕だけで生きてきた」

「どうして、サファイアの指輪を金に換えようとしなかったんだ?」

「実のところ、換えようと考えたことはある。生きていくのが辛い時もあったからな。しかし、小娘だからと足元を見られて、まともな金額にはならないとわかっていた。それに、あの親父殿が、唯一、私にくれた物だと思うと、手放すのが惜しくなった。その思いは時間とともに強くなったよ。そうこうしているうちに、私も一人で生きていけるようになったからな」

「あ、ああ……さいころの腕前は見事だった」

「あれは余興だ。私は囲碁が強くてね。たいていの相手になら勝てる。……久しぶりに負けたのは石秀だな。それで、サファイアの指輪と、双頭の鷲《わし》と龍の刺青《いれずみ》を見せるはめになった。それがこの島の領主の証しとも知らずに」

石秀が船で言っていた策とは、囲碁の勝負か。次があるとは思えないと語っていたが、それはアナスタシアが拒むからか、石秀が勝つ自信がないか、どちらかなのだろう。

いずれにせよ、アナスタシアも石秀も、何手も先を読むのが得意な性格なわけだ。アナスタシアは不本意であっただろうに天神島に向かう船に乗った。石秀との約束を守ったのだ。

「刺青なんてどこにあるんだ？」

「背中だよ。子供の頃に入れられた。見たいか？」

アナスタシアが背中まで流した赤髪を掻《か》き上げようとする。打って変わって悪戯めいた瞳だ。どきりとして、義英は思わず退いた。

「い、いい、遠慮するっ！」

義英はアナスタシアの居室から飛び出した。あとから追いかけてきた夜風が鳴いた。だがその鳴きかたは、そっけない。

回廊の柱に背をあてて手で顔を扇《あお》いだ。夜気が義英の頬をゆっくりと冷やした。胸の病に罹《かか》ったのだろうか。アナスタシアを見ていると、たまにこんな状態になる。

「でも、嫌な気分じゃない……」

星空を仰いで、義英は呟いた。

## 2

次の日、義英がアナスタシアと朝粥《あさがゆ》を食べていると、石秀が食堂に現れた。

「鄭真進《ていしんしん》殿がアナスタシア様を訪ねて参られました」

アナスタシアが匙《さじ》を机に置いた。

「サファイアの指輪でも拾ったか？」

薄く笑って、顔をしかめる。期待したいところだが、そうではないだろうと半ば諦めているような表情だ。

「お話は、直接、アナスタシア様になさりたいそうです。正庁《せいちょう》にお通ししております」

正庁は、屋敷にある応接室のような場所だ。あまり、人に知られたくない話に違いない。

アナスタシアは、義英が見る限り、いつもより少し早めに食事を終えた。

正庁には、石秀を先頭に、アナスタシアと義英と夜風が続いた。神妙な面持ちの真進が待っていた。アナスタシアが領主の椅子に腰掛ける。

真進が床に膝をついて、両腕を高く上げて拝礼をした。

「なんだ？」

「朝早くから申し訳ありません。まず、領主様に二つお伺いしたいことがございます」

アナスタシアが肘掛けに手を乗せた。義英は腕を組んだ。

「何ゆえ、先代が亡くなられてすぐに島にお戻りにならなかったのでしょうか」

「また、いかにも唐突だな。死を知らなかったからだ。我が父も、私には身分を明かしていなかった」

アナスタシアがちらりと義英を見た。

「それに、私たち母娘が島民に歓迎されないとわかっていたのだろう」

アナスタシアは軽く手を振った。そのようなこと、聞かずともわかるだろうという意味にも取れたし、そんな話なら聞きたくないという態度にも見受けられた。確かに、アナスタシアの豪胆さがあれば平気だろうが、歓迎されていないのは誰でもわかる。

「なぜ、歓迎されないなどと、お思いになるのか」

真進の言葉には意地悪さがなかった。義英は腕を下ろして、質問の意図を考えた。アナスタシアの母親が正妻になることを認めていなかった側の人間なら、答えなど聞かずともわかるはずだ。

「私の容姿を見れば明らかだろう？」

アナスタシアが唇に指をあてた。赤い髪、碧眼《へきがん》、白い肌、どこを見ても、島の人間とは異なっている。女であるところも、受け入れられない理由の一つだ。

「いいえ。私は、島の未来を考えてくださる領主様でありさえすれば、と願っておりました」

それが本心からの台詞であるなら、真進の考えは、義英に近い。義英の脳裏に、楽和《がくわ》の笑顔が浮かんだ。東西の頭目の息子たちは、島の幸福を願ってる。アナスタシアが島の未来をよく考えてくれる方なら、天神島の政《まつりごと》はアナスタシアが継げば良いと言っていた。

アナスタシアは、しばし沈黙した。

「それは、そなたの父とは違う考えのようだな」

「ええ……。では、二つ目の質問です。なぜ我が父は断罪されなかったのですか？」

アナスタシアが眉を動かした。真進は揺るぎない眼差しをしている。自分の発言に迷いがないのだ。

断罪とは、年末に黒の頭目が白の頭目を拐かした件に違いない。義英は石秀を見やった。石秀には密契《みっけい》以外の経緯は報告してある。石秀は平然としていた。

「罪がなければ罰せられない」

表情を変えずにアナスタシアが答えた。

真進が「否！」と声をあげた。語気の強さに、義英は内心でびっくりした。

「領主様もお察しのはず。白の頭目を攫《さら》い、祭りを台無しにしようとしたのは我が父！」

全くその通りだったが、アナスタシアは認めなかった。

「役所には何も届け出がない。ただ、白の頭目が長い散歩から帰ったとは聞いた」

「白の頭目は犯人を知っていて、それでも口を閉ざされているのでしょう。それが島のためだとお考えなのです。しかし、アナスタシア様、あの父を放置しておいてはなりませぬ！　サファイアのことしか頭にないあの男を！」

実の父についてここまで言い切った息子は、固く唇を噛《か》みしめた。

白の頭目の家と違って、黒の頭目の親子関係は良くないとみえる。領主の前で、これほどまでに感情を露《あら》わにすることの意味は、真進に隠す気などさらさらないということだ。

平静な印象があったが、実は正義感が強いのか。確かに真進は楽和と同じく島の未来を考えているようだったし、父親の真義は自らの野望のために白の頭目を誘拐までした男だ。だが、密契を交わした以上、表立って誘拐の罪で真義を捕らえることはできない。黒の頭目である真義に、アナスタシアを領主として認めさせねばならない。

　それに、黒の頭目である真義が、白の頭目を捕らえた事実が明るみになれば、領主は真義に罰を与えねばならなくなる。そうなれば、いかに黒市の頭目とはいえ鄭家そのものが危うくなる。

　真義には島を思う気持ちがないとはいえ、次代の黒の頭目と目されている息子のほうは真剣に島の将来を考えている。ならば、息子である真進が跡を継ぐのを待つほうが、長い目で考えれば良い結果に結びつくとも思える。

　罪は罪だが、その先にある平和を守るのが大事だ。義英は、密契のために真義の罪を見逃したことを悪いとは思っていない。自らも義賊として盗みを働いてきた身だ、人を罰する資格があるとも考えていない。それらは、必要な時に、領主であるアナスタシアがするべきだ。今は、その時ではない。

「そなたの用件は、これで終わりか？」

　アナスタシアが促すと、真進が拝礼をし、言葉を続けた。

「アナスタシア様はお聞き及びでしょうか。先日、入港した本土からの船に、名うての盗賊が入り込んでいたという噂《うわさ》があります」

「ただの噂ではないのか」

「いえ事実です。その証拠に、我が父の頭目たる証しである黒の印章が先日から行方知れずとなっております」

「なに」

アナスタシアは目を見開いた。義英も思わず息を呑んだ。領主の指輪が消えたうえに、黒の頭目も印章を失っていたとは。

「失ったのは、いつの話だ？」

「もう、三日前になります。父は配下の者たちに、密かに東西の街を探すように命じておりますが、見つかる様子はありません。私から領主様にお願いしたいのは、本土から来た船に乗っていた者を検《あらた》めていただきたいのです」

「本土から来た船とは……、盗んだ者に心当たりがあるのか？」

「我が父が頭目に相応《ふさわ》しくないと考える者なら島にもおります。しかし、当家に忍び込んで指輪を盗み去ることができる腕を持つ者に心当たりはありません」

それはどうなのだろうかと、思わず義英は声を上げた。

「真進兄さん、この島には盗賊とかはいないのか？」

「このような盗みをする卑劣な者はいませんよ。多少のいざこざはあっても、東西の頭目が治安の維持をしてきました。この島は本来であれば穏やかなのです。誰も窮せずに日々を過ごしています。確かに、頭目の指輪を失くしたのは、我が父の落ち度です。頭目でありながら象徴を粗末にあつかうとはと、責められてもしかたがありません。ですが、島の民を疑うのは、おやめください。混乱を招くことになります」

　真進がきっぱりと言った。

「わかった。船に乗ってきた本土の者を検めさせる」

　アナスタシアの言葉に、真進が再び拝礼をした。

「ありがとうございます！」

　そのまま立ち去ろうとする真進に、義英は呼び掛けた。

「真進兄さん、印章は、いったいどこに置いてあったんですか？」

「自宅にある父の書斎の机の抽斗《ひきだし》でした。家の者は知っていたので、盗もうと思って調べれば、ありかはわかったでしょうね。しかし、代々続く我が家で、盗難が起こったのはこれが初めてです。塀は高くしてありますし、錠も掛けてある。門衛が夜も守っております」

「なるほど。早く見つかるように、俺も力を尽くします」

義英に、真進が微笑んだ。儚《はかな》げな表情だった。義英に何ができるのかと思われているのかもしれない。義英はまだ若く、領主が連れ帰っただけの仲間でしかない。

真進が立ち去った後、義英は思案顔のアナスタシアに駆け寄った。

「領主の指輪も、その盗賊に奪われたのだろうか？」

船にいた盗賊とは、「彗星王」に違いない。だが、義英は盗んでいない。ほかにも盗賊がいたのだろうか。現に、アナスタシアの命を狙った刺客はいた。

「何者かが乗っていたことはありうる。できるだけ急いで調べよ」

アナスタシアの命令に、石秀が胸の前で両手を合わせた。

「承りました」

義英は腕を組んで、犯人の意図を想像しようと試してみた。

「……領主の指輪に、黒の頭目の印章……この二つを手に入れたら、誰が一番、得をするんだろう」

「それは、白の頭目以外にないだろうな」

アナスタシアが淡々と言った。

「では、怪しいと考えているのか？」

義英が小首を傾《かし》げると、アナスタシアは西の方角に眼光を向けた。

「利益は増えるだろう。こうなると、白の頭目が何も言ってこないことも疑ってかかるべきかもしれぬな」

「西側の人間が、盗難に関わっているのかもしれませんね」

石秀の言葉に義英も「そうだな」と頷いた。真進は島の人間の仕業ではないと思いたいようだったが、だからといって外して考えるわけにはいかない。外側から入れないなら、内側から持ち出された場合もある。黒の頭目に愛想をつかした家の者の仕業かもしれない。

「白の頭目がアナスタシア様の指輪や黒の頭目の印章を見つけたとなれば、島民の意識は、持ち主として相応しい者は誰かと考える流れになるでしょう。証しを失くしたと世に知られたら、島民は持ち主の資質を疑いますから」

せっかく天神祭りで、領主としてアナスタシアを華々しく印象付けられたのに、これでは元に戻ってしまう。

「俺、白の頭目の邸宅を探してくるよ」

義英はアナスタシアと石秀に告げた。

「それは、聞かないほうがよい方法ですか？」

石秀が目を細めて言った。物言いの仕方に、義英は自分の立場を思い出した。今の義英は、義賊「彗星王」ではなく、領主アナスタシアの「仲間」である。

「半分はそうだ。でも、楽和兄さんに会う口実ならあるんだ。そのついでに屋敷を探してみるよ。すべては俺の責任でやる」

「いいえ、家探ししているのが見つかりでもしたらアナスタシア様の責任となります。おやりになるのであれば、完全に成し遂げていただきたい。だから私は今から、独り言を呟きます」

「ん？」

「書斎の他にも、頭目の屋敷には財などを納める宝庫があり、正房《せいぼう》の左側に独立して作られているはずです。それと東西の頭目の屋敷は同時期に建てられたので、造りも同じです」

　わかったよと義英は微笑み、自分の部屋に向かった。

　青い袍を脱いで、衫《さん》と褲《こ》を着た。本土から来た時に着ていた衣類は、領主の仲間として相応しくないからと捨てられた。今は、袍も衫と褲も、新しいものが用意されている。義英は、それは期待してもらっているからだと考えている。真新しい衣類も、風雨を防げる部屋も、毎日の食事も、義英がアナスタシアを支えていくと思われているから用意されているのだ。

　新しい人生を、一から始めた心地になる。

　だが、変わらない物もある。義英は居室の戸棚から、鍵開け道具が入った革の巻き包みを取り出して、胸元に収めた。ずっしりとした重みは、いまだ義英にしっくりと来る。

「行こう、夜風」

義英は扉を出た。空には雲一つなく、光は柔らかだ。夜風を抱きかかえ、正庁から街路に向かった。

## 3

半刻後、義英は楽和とともに白の頭目の屋敷の中庭にいた。義英の青い衫の裾がはためき、楽和の白い曲領の衣に刺繍《ししゅう》された虎が煌《きら》めいた。

お互い一礼して対峙《たいじ》する。楽和の目は輝いているが、義英は複雑だ。正直に言えば良心が痛まないでもないが、これが最善なのだと自分に言い聞かせる。

逞《たくま》しい体躯《たいく》が駆け出してきた。一気に間合いをつめられ、拳が叩き込まれる。義英は攻撃を手刀で受け流し、楽和の顎を狙った。初めの一撃は軽く躱《かわ》されるが、再度、蹴りを繰りだす。

楽和が後退した。義英は頭、鳩尾《みぞおち》、脇腹に向けて攻撃を浴びせていく。楽和はさらに三歩後ろにさがった。

このままで終わりか。だとしたら張り合いはないが、話は早い。義英の頭にそんな思いが浮かんだ瞬間、楽和が両足で石畳を大きく踏み鳴らした。

気迫のこもった拳が突き出される。

なるほど、なかなかやるな。

義英は体を横に開いて攻撃をいなした。次の一撃に備えるため、素早く飛んで間隔をとる。

「さすがだな。アナスタシア様の命を守ったという話も納得だ。親父殿が言っていた通りの強さだな。手合わせをしたいと思っていたのだ。訪ねてきてくれてよかった」

楽和は踏み込んでこなかった。構えを解き、明るく笑う。

義英は楽和に歩み寄った。遠巻きに見ていた夜風も駆けてくる。

「楽和兄さんも、よく鍛錬を積まれておられるようだ」

「俺は武術が好きでね」

楽和が朗らかに言った。瞳は、そなたもだろうと問い掛けている気がした。信じきっているような眼差しに義英はどう答えるべきか迷った。

ふっと微笑みが自然と浮かんだ。

こんな気持ちは初めてだ。

義英は先代の彗星王から武術を学んだ。先代は穏やかな人だったが、武術の指導は一刻を惜しむかのように厳しかった。義賊という身の上で生き残るには、敵は必ず倒さねばならない。相手は腐り切った役人や、その犬である武官、時には刺客でさえあった。彼らは、わかりやすいほどの殺意を常に持っていた。

強さは、生きる術《すべ》だった。だから先代以外と稽古をしたことはなく、戦いは命がけだった。印章を探すためとはいえ、金の憂いもなく、道楽で武術を嗜《たしな》む者との手合わせに懸念がなかったわけではない。加減できず怪我をさせた場合の言い訳を考えながら、白の頭目の屋敷にきた。

だが、楽和は想像以上に強く、手合わせはとても爽快だった。

そうだ、俺は、楽しかった。拳を交わせば、言葉がなくとも思いが通じる気がした。育ちの違いなど、どうでもいいように感じられた。

義英は微笑んで、胸の前で両手を合わせた。

「実は、楽和兄さんに聞いていただきたい話がある」

楽和が義英を見つめて、目を細めると背中をぽんと叩いてきた。夜風が尻尾で触れるのと感触は同じだ。

「人には聞かれたくない話だな？　部屋で話そう」

言葉を重ねずとも気持ちが伝わった。

義英は嬉しくなった。

——そなたにも友ができそうだな。

胸が高鳴った。照れくさいからやめてくれと、上機嫌に喉を鳴らしながら見上げている夜風を睨《にら》む。

義英は夜風とともに、客室に向かった。するりと二手に分かれる。楽和が自ら扉を閉めて、方卓に座るようにうながした。

「それでどうした？」

「何か困っていることはないだろうか？」

「漠然とした質問だな」

「真進殿から相談を受けたりはしていないか？」

「何かあったのか？」

義英は椅子に座った。

白の頭目もまた、印章を失くしている可能性はないだろうか。それを息子である楽和が知っているのではとも思った。もしくは、アナスタシアよりも先に、親しい仲の楽和に真進が相談をしていないかと考えたが、どうやら違うようだ。

楽和の様子から、悩みを抱いているようには思えない。

「いや、領主として何かできることはないかと思ったのだ。アナスタシア様は領主となったが、まだ島民に完全に受け入れられたとは言えないだろう。どうしたら良いと思われる？」

「真進から何か言われたのか？」

「いや、そうではない。逆なんだ。アナスタシア様は領主の座に就いたが、誰からもまだ相談事を持ちかけられない。この島に何の問題もないという話ならいい、だが現実はそうではないと思う……」

「まだ皆から信頼されていないと、アナスタシア様は思われているのか」

「いや、俺がそう思ってしまっているだけだ」

これは楽和と話し合うためだけの口実だが、本心からの悩みでもある。

天神祭りを無事に成功させたとはいえ、本人にやる気が芽生えたわけではない。東西の頭目と交わした密契もある。

アナスタシアには立派な領主になってほしい。民のために尽くす尊さを知り、良き政を行ってほしい。そのための意見は大歓迎だ。

「天神島は海流のおかげで大きな戦いにも巻き込まれず、他の小国のように本土に攻略もされずに済んでいる。長い歴史のある島だからこそ、こだわりが生じる。アナスタシア様は赤髪に碧眼というお姿だ、島民とは違うぶん、やはり皆、簡単には受け入れ難い」

「そうだな。女性であるところも、領主として相応しくないように思われているし」

「本土と組んではどうかと言う者もいる。だが、俺は天神島を皇帝に渡すつもりは微塵もない。なに、そう思い悩むな。例えばアナスタシア様が島民と結婚でもすれば、皆の意識はすぐに変わるさ」

義英は耳を疑った。

アナスタシアが結婚だって？

脳裏に、天神祭りで見たアナスタシアの背中が蘇《よみがえ》った。胸の奥から、とぐろを巻いた暗雲のような気持ちが噴き上がってきた。義英には、それがどんな感情か言葉にできなかった。

「そう……だな。良い考えだと思う」

義英は楽和に頷いた。

アナスタシアが島民と結婚すれば、島民はアナスタシアに親しみを覚えるようになるはずだ。アナスタシアにも、自分が島民である自覚が生まれるかもしれない。

「さっそく、アナスタシア様に伝えてみるよ」

義英は楽和に微笑もうとして、失敗した。胸の前で両手を合わせて楽和に感謝を伝える。それから眼を動かして、「あれ？」と声を上げた。

「どうした？」

「夜風がいない。どこかに遊びに行ってしまったようだ。困ったな。まだひとりでは領主の屋敷に帰れないんだ。少し、家の中を探させてもらっても良いだろうか？」

「もちろんだ。家の者たちにも声を掛けよう。瞳は右が青、左が金だったな」

「助かる。じゃあ、見て回ってもいいかい？」

「好きに見てくれ。ただし、母と妹の部屋に勝手に入ると殺されるから注意してくれよ」

楽和がにかっと笑った。家族仲が本当に良いのだなと義英は思った。具進の家とは全く違う。いろんな家庭があるなと感じながら、義英は気配を殺して、董藤和《とうとうわ》の書斎を目指した。楽和に案内されたことがあるから迷わない。

書斎の扉の前に、夜風がすました顔をして待っていた。義英を見上げてから、扉を押した。中には誰もいないとみえる。

義英は迷わず扉を開いた。黄花梨《こうかりん》の卓の上には、読みかけと思《おぼ》しき書物が置かれていた。戸棚の抽斗を開けてみる。虎が刻まれた印章があった。これこそが、白の頭目の印章に違いない。だが、黒の頭目の印章は見当たらない。アナスタシアのサファイアの指輪もない。

義英は夜風とともに、白の頭目の書斎を出た。石秀が言ったとおりに、正房の東側にある宝庫を目指す。夜風が人の音や匂いを確かめながら進む。義英は夜風の後を追った。

宝庫には錠前が掛かっていた。義英は先代の彗星王から受け継いだ道具を取り出すと、ものの十秒と掛からず開錠した。本土の錠前よりも形が古くて簡単だった。

夜風とともに宝庫に入る。左右に棚が作られており、下段には戸棚、中断には大小さまざまな箱が積み重なり、上段には紙で包まれ縛られた物や巻物が置いてある。義英は戸棚の抽斗を開けていく。サファイアやルビー、珊瑚《さんご》、真珠などがあるが、頭目である立場を考えるなら、ささやかな財産だ。本土の金満家たちのような、贅《ぜい》を蓄えようという卑しさがない。

のみならず、黒の頭目の印章も、アナスタシアの指輪も見つからない。

ほかに指輪を隠すとしたらどこだろう。肌身離さず持っているか、あるいは地下に石秀も知らない隠し部屋があるかだろうか。

わからない。お手上げだ。

義英にできたことは、楽和からの考えを引き出したことだけだ。義英は宝庫を閉じた。

声を張り上げると、わらわらと使用人が中庭に出てきた。楽和も速足でやって来た。

「兄さん、夜風がいたよ！」

「おお、良かったな。どこにいたんだ？」

「庭で日向ぼっこをしていたよ」

「見つかって良かったな。あまり気を揉ませるんじゃないぞ？」

夜風がふいっと背を向けた。その台詞は、義英に言えとでも思っているに違いない。

義英は帰路についた。馬車を出すと言われたが、断った。正午を知らせる鐘が鳴った。屋敷では今頃、アナスタシアが食堂で昼餉《ひるげ》を食べているはずだ。

アナスタシアが、結婚か。話を思い出すと、なんだか胸が苦しい。

衝動的に、義英は走り始めた。

なんだろうこのもやもやした気持ちは。

何もかも迷いを振り払いたくて、全速力で走った。

夜風が鳴いた。義英は我に返って振り返った。夜風はくたびれたのか、体を丸めてしまっている。よく見れば体全体で息をしている。もう走りたくないのだろう。これ以上、無理はさせられない。けれど、夜風の回復を待ってもいられない心地だ。義英は夜風を抱えると懐に収めて、再び走り出した。

どうしても、アナスタシアの結婚については深く考えたくなかった。

半刻掛けて義英は屋敷に戻り、政庁《せいちょう》に向かった。

扉を潜《くぐ》ろうとしたが、なんだか入りたくなくて立ち止まった。どうしてだろう。義英は呼吸を落ちつけながら、高鳴る胸を押さえた。

だが、ふと思い至った。アナスタシアが嫌がるに決まっている。領主の地位さえ押しつけられるのを拒んでいたのだ、結婚など鼻で笑うだろう。義英の気持ちは一気に軽くなった。

「今、戻った！」

扉を潜ると、アナスタシアは朱筆で書類に書き物をしていた。各地からの報告書すべてに目を通して、場合によっては朱筆を入れた物を本人に送り返すのも領主の役目だ。側には石秀もいる。書類を持っていくよう、燈実たち部下に指示を出していた。

「報告だ」

義英の言葉に、石秀が燈実たちに目配せをした。

「人払いをいたします」

燈実たちが立ち去る。静かになってから、石秀が「どうぞ」と告げた。

「白の頭目の家に指輪も印章もなかった。頭目とは思えぬ清貧な暮らしをしているようだった」

「そうか」

アナスタシアはちらっと義英を見ただけで、筆を動かす手を止めない。

「それで、指輪の件とは違うのだが、一つそなたに考えてもらいたい話がある」

「なんだ？」

「そなた、島民と結婚する気はないか！」

どのみち、いつものように、あるわけがないと言うはずだ。義英は断られた時のために、結婚が嫌なら、なお一層、島民と親しく交わっていくように頼むと告げようと思った。

「構わんぞ」

アナスタシアは次の書類を手に取りながら答えた。

平然とした物言いに、「だよな」と納得しそうになった。義英は一歩退いて、顔を手で拭い、アナスタシアの答えを思い返した。

「……よいのか？」

聞き間違えはしていないけれど、アナスタシアの真意が知りたかった。問い掛ける声が、弱くなっていた。喉が渇いてしかたがなかった。義英は、ひどく傷ついている自分がいることに気がついた。

アナスタシアが「ん？」と顔を上げた。

「なんだ、死にそうな顔をして。おぬしが言ったのだろう」

「そうだが……」

言い出したのは確かに義英本人だけれど、なぜこうも簡単に了承するのかわからなかった。アナスタシアが義英の話を聞いてくれたことを喜ぶべきなのだろう。だけど胸が痛い。義英は思わず胸を手で押さえた。アナスタシアが義英の反応を眺めて、目を細めた。

「まぁ、条件はあるがな」

「どのような？」

「王義英よりも強い者であること」

アナスタシアがにやりと笑った。義英はほっとした。自分が勝ち続ければ、アナスタシアを奪われることはない。そう考えてから、違うだろうと我に返った。

アナスタシアは、島民と結婚しなくてはいけないのだ。妙な条件をつけて面白がるなと、窘《たしな》めるところだ。だが、自分の名前をアナスタシアが呼んだことに、なんとなく満足もしていた。

アナスタシアが石秀に命じた。

「私の結婚相手を探すぞ。相手は王義英を倒した島民とする。東西の頭目に伝えよ」

石秀はまったく動じておらず、胸の前で両手を合わせた。

「承りました。領主の指輪を失くしている今こそ、島の民との融和を進めるのは良い方法です。島をあげての大会を催すことにいたしましょう。東西から三名ずつ選出させて、アナスタシア様の前で一度競わせ、勝ち抜いた三名が義英殿と戦えるのはいかがでしょうか？」

「俺はそれで構わないよ」

義英は大きく頷いた。

アナスタシアの結婚で、領主として島民に受け入れられるならば喜ばしいことなのだ。

「武術大会の勝者は、領主の伴侶となれるほかに領主所有のサファイアの鉱脈の一部を割譲するのはどうだ。義英に勝つのが条件なので、そなたが勝利してもサファイアは手に入らないがな」

「そんなの欲しがるように見えるか？」

「思わないさ」

にこっとアナスタシアが微笑んだ。頭から義英の人柄を信じてくれているようで、胸が弾んだ。

石秀が「なるほど」と思案顔になった。

「試合のほうは予選もあるでしょうし、七日後の開催といたしましょう。アナスタシア様には、さっそく天神廟を訪れた子供の家を回っていただきたいと思います」

「三日間で天神廟を訪れた子供は軽く見積もって千人だよ。そのすべてを調べるのか？」

「役人が訪れては何事かと疑われます。領主様が来たとなれば喜ぶはずですので、訪問の経緯などは深く問われないでしょう」

「わかった」

アナスタシアが筆を置いた。覚悟を決めたような眼差しだ。

「それでは、船検めは役人でおこないます。人によっては島の首都以外に出向く者もいるでしょう。伝達が届かず不審者扱いなのも後々面倒です。手形と一緒に滞在時の宿を報告させてありますので、まずはそこへ役人を飛ばして報告を集めます」

石秀が恭《うやうや》しく礼をとった。

## 5

申字《しんじ》（午後三時）、アナスタシアと義英を乗せた馬車が西の街で停《と》まった。アナスタシアに続いて、義英も馬車を降りる。大通りに面した一軒家の門前だ。大門が開かれているので、アナスタシアが中に入って人を呼んだ。

すぐに使用人が現れて正房に通された。正面奥に扁額《へんがく》が飾られており、長い椅子の中央に足の短い机が置かれている。義英はアナスタシアの側に立った。夜風も義英の足元に座る。

「アナスタシア様！　領主が直々に我が家にお越しとは、どうなされたのですか？」

まもなく、五十代と思しき男性が慌てたようにやってきた。背後に執事らしき老爺《ろうや》を従えている。

アナスタシアが立ち上がった。

男性が胸の前で両手を合わせた。

「昨日、子供を天神廟に連れて来たであろう？　その際に、なにか不審なことは見掛けなかったか」

　アナスタシアの柔らかい問い掛けに、男性がきょとんとした顔をした。

「何かあったのですか？」

「知らぬのならよい。家族は皆、元気であるか？」

「え、ええ。とくに孫は元気で困ってしまうくらいです。領主様に加護をいただけましたこと、心より感謝いたしております。今、皆を呼んでまいります」

　男性が執事に目配せする。執事は「承りました」と正房を足早に出ていった。

「我らが西の頭目とのご関係はいかがでしょうか？」

　男性が微笑みを浮かべながらも、鋭さを秘めた瞳で問い掛けてきた。

「私の仲間の義英が、今日、西の頭目の息子、楽和と手合わせをしてきた。気が合うようで、何よりだと思っておる。そうだ。今度この『王義英』に勝った島の者と、私は結婚をしようと思っているのだ」

　男性は目を見開いて義英を見た。アナスタシアがふっと笑った。

「そ、それは、民として嬉しく思います。一時期は、東と戦いになることも覚悟しておりましたから。領主様が島をお纏めくださるなら、それに越したことはありません」

　これは、俺が負けると思っているのだな。

確かに、自分より強い男がいるかもしれない。いなくても、義英はアナスタシアのために、相応しいと思った相手に負けるつもりだ。男性の真剣な眼差しに、義英は胸の前で手を合わせた。

「領主はこの島の平和を考えております。俺も、全力で支えてまいります。今後とも、どうぞよろしくお願いいたします」

「もちろん、誰だって平和が続くのが良いと考えておりますよ。いや、誰だってとは言い過ぎかもしれませぬが……」

男性は東の方角を見た。黒の頭目のことを考えているのだろうか。楽和にも、息子にさえも、自分のことしか考えていない男だと言われていた。人望はないと見える。

「お待たせいたしました！」

二十代の男女が、執事とともにやってきた。その後から、四十代の乳母らしき女性が、二歳くらいの男児を抱え、四歳くらいの男児を連れてくる。

「領主様に再びご挨拶できるなんて、この子たちも喜びます！」

朗らかで、明るい光景だ。この者たちは、領主の指輪や頭目の印章を盗んだりはしないと義英には思えた。

「ああ、覚えておるぞ。大洪《だいこう》はしっかりしていたし、小洪《しょうこう》は私の指をたいそう気に入ってたな」

アナスタシアが右手をひらひらとさせる。母親が「そうです！」と声をあげた。

「領主様が頭を撫でてくださった手をひっぱって、指をしゃぶってしまう失礼を……。でも、アナスタシア様は子供のことをすべて覚えておられるのですか？」

「当然だ。小洪など可愛いものだ。子供は元気なほうが良い」

何でもないことのように、アナスタシアがしれっと断言した。こういう時、義英は内心でアナスタシアを見直す。そのうえで、領主に相応しいと思う。

「あにゃすたしあ」

小洪がアナスタシアに向かって手を伸ばす。抱いてほしそうだ。母親が困った顔をして、「アナスタシア様よ」と子供を抱きかかえて背中をぽんぽんと叩く。

「よいぞ。抱かせてもらおう」

アナスタシアの言葉に、両親が「申し訳ございません」と恐縮した。

「まだ幼子だ。今は自由に生きるのがいい」

二歳児を抱きかかえて、アナスタシアが言った。一家が安堵《あんど》したのがわかった。

義英は、なるほどと喜びで手をぐっと握った。子供の家を回ることになったのは、指輪を失くしたのが原因だが、こうして直接触れ合う機会になったのは良かったのかもしれない。

黒の頭目と戦争になったら、白の民は全力を尽くすはずだ。争いは悲劇を招く。義英が今、見ている光景を守っていきたい。

「それでは、邪魔をした。また様子を見に来るよ」

アナスタシアの言葉に、義英は立ち上がり、礼をしてから家を出た。一軒にかなりの時間を使った。天神廟を訪れた子供の家を回りきるのに、あとどれくらい掛かるのだろうかと天を仰ぐ。

## 6

四日後、東の街を隈《くま》なく回った義英たちだったが、指輪は見つけられなかった。

まもなく日が落ちる。馬車を降りて、アナスタシアとともに屋敷に戻った。

石秀が出迎えに現れないのは珍しいと思ったが、疲れているのであまり深く考えたくなかった。

食堂で夕餉を食べていると、やっと石秀が現れた。

「どの宿に泊まっているかわからない者が、ひとり判明しました」

表情は淡々としているが、どことなく声音は堅い。

「何者だ？」

「薬屋を営む男です。名は、朱銀栄《しゅぎんえい》。本土から船に乗ったとあります」

義英は、薬の入った千駄櫃《せんだびつ》を背負った男がいたことを思い出した。

「船に乗っていた人物の顔はすべて覚えておる」

アナスタシアが得意げに言った。

「薬屋、朱銀栄の顔も覚えているのか？」

「船酔いの客の介抱をしておった者だろう。描けるぞ！」

石秀がさっそく筆と紙を用意させた。アナスタシアが筆をとって、すらすらと絵を描く。

義英は息を呑んだ。石秀も絶句している。

なんという下手さだ。人間の顔を書いているとは思えない。奇妙な動物に見える。そう考えると、どことなく愛嬌《あいきょう》さえある。

だが今は、アナスタシアの斬新な手腕に驚いている場合ではない。役に立たないことがよくわかった。義英と石秀は視線を合わせて、頷き合った。

「こちらは預からせていただきます」

恭しく似顔絵だという絵を受け取って、石秀が退席した。義英は石秀を追った。

「白の頭目が領主の指輪と黒の頭目の印章持っているのかもしれないけれど、それにしてもあの暮らしぶりからは、領主になって財産を得ようという野心は感じられなかった。きっと別にいると思う。指輪と印章を奪った者は、いったい何を企んでいるのだろう」

石秀がわずかに眉をしかめた。

「三つ巴《どもえ》での争いでしょうかね。得する者は、……やはり本土でしょうか」

「本土は、各地で起こる反乱を制圧するので手一杯じゃないのかい？」

「天神島は、宝島です。いつの時代も常に狙われてきました。本土が天神島を手に入れたら莫大《ばくだい》な資金を得られる。それを武器に変えることができます」

石秀は冷静だ。義英の脳裏には、天神島を守る塁壁《るいへき》が浮かんでいた。古くから、城塞都市であったのは、それだけ狙われてきた過去があるからだ。

「天神島は、鉄壁だと聞いたよ？」

石秀は「けれど」と言葉を続けた。

「アナスタシア様を捜す中で、私は本土のみならず、遠く西域や北方の国々の技術を見聞きしてまいりました。我らの平穏は、それほど長くは続かぬかもしれません」

義英は天神島に来て、こんなに平和な、悪く言えば呑気《のんき》な島があるものなのかと思った。島育ちの大人たちと、本土で見聞を広げた石秀との危機感が違うのは当然だろう。しかし、今はここで立ち止まっている場合ではない。

「朱銀栄を捜さなくてはな」

必ず島には居るはずなのだ。

「ええ、とにかく、指輪と印章を、次の出航までに見つけ出さなければなりません。万が一にも島の外に持ち出されては大変です」

## 7

翌日の一月十日、朝から雨が降っていた。正午を知らせる鐘の音が鳴った。義英はアナスタシアに続いて、朝から数えて四十三軒目の家を出た。笑顔を作るのもそろそろ限界だなと義英は感じていた。どの家でも同じようなやりとりを繰り返しており、会話もすっかり聞き飽きた。

けれど、アナスタシアは、どの家でも柔らかい態度を見せていた。領主としてあるべき振る舞いに、義英は内心で感心した。


義英はアナスタシアとともに馬車に乗り込もうとした。その時、役人が走って来た。

「探し物が見つかりました。屋敷にお戻りください！」

義英とアナスタシアは目を見合わせた。

「どこにあったのだ？」

「そこまでは私も知らされておりません。早くお戻りになられるようお伝えしろと石秀様から託《ことづ》かっているだけでして」

役人とともに、義英とアナスタシアは馬車に乗った。アナスタシアが御者に、急いで屋敷に向かうよう伝える。

屋敷の政庁に向かうと、石秀が「お待ちしておりました」と出迎えた。

「指輪が見つかったと聞いた。いったい、どこにあったのだ？」

アナスタシアは石秀に促されて椅子に腰掛けた。難しい顔をしている。

義英は肩に力を入れながら石秀の答えを待った。敵がはっきりしたのなら、戦が起こる可能性がある。

「西の街にある大洪と小洪という子供たちが持っていました」

「……その者たちの家なら、行ったぞ」

「子供たちが指輪で遊んでいるところを、母親が見つけたそうです。兄の大洪が言うには、『おじさんに貰《もら》った』とのことでした」

「そのおじさんとは何者だ」

「わかりかねます」

「薬屋だろうか？　似顔絵を見せたらわかるかもしれぬぞ」

「四歳児なので、わからないと思われます」

石秀はきっぱりと否定した。四歳児だからなのではなく、あの斬新な絵では誰にもわからないだろうと義英は思った。だが、そう言うとアナスタシアの謎の自信を傷つけてしまいそうなので、黙っている。石秀もきっと同じ考えだろう。

石秀が燈実を呼び寄せた。燈実は円形の盆にサファイアの指輪を載せて、アナスタシアの前に進み出た。

間違いない、アナスタシアの指輪だ。義英は石秀を見つめた。

「この通り、領主の指輪は見つかりました。一度に大勢の子供たちが天神廟を訪れたため、見張りの監視が行き届かなかった失態もあるでしょうが、それにしても領主の指輪を盗んだ者は、よほど訓練された者に違いありません。何故このような形で見つけさせたのかは謎ですが」

石秀が、胸の前で両手を合わせた。

義英は内心ですごく恥ずかしい気持ちになった。目の前で指輪が奪われたことに間違いはない。けれど、少しも気がつかなかった。子供が騒いでいて、大人たちの意識が散漫になっていたのは事実だけれど、義英はそれでも自分の失態だと思った。

「子供が飲み込まなくてよかった。そのおじさんとやらを捜さねばならないわけだな。男であること以外に、報告がないわけか」

アナスタシアが顎に手をあてた。

「犯人が男であるかどうかも怪しいです。犯人が、指輪を渡すためだけに雇った可能性もありますから」

「そうだな」

「残るは黒の頭目の指輪です。衆人環視の中で領主の指輪を盗み出せた者がいるのですから、黒の頭目の屋敷に忍び込んで、指輪を奪うことも容易いでしょう」

「黒の頭目の屋敷が白の頭目と似ている構造なら忍び込めるよ。俺にもできる」

「義賊『彗星王』と肩を並べられる者が、そう簡単にいるとは思えませんが……」

「だが、存在するのだろうな」

アナスタシアの言葉に、義英と石秀は視線を交わしてから頷いた。

「領主様」

燈実が盆をアナスタシアに掲げる。

アナスタシアが神妙な面持ちで、指輪をはめた。

「確かに受け取った。引き続き、犯人と、黒の頭目の印章も探せ」

アナスタシアの言葉に、政庁にいる誰もが胸の前で両手を合わせた。アナスタシアの指輪は返されたが、誰かが何らかの思惑で盗んだのだ。この政庁にいる誰もが、そのことに気がついているだろう。義英はなんだか胸騒ぎがした。

先代の彗星王に連れられて、夜風とともに本土を旅した。役人に追いかけられたり、盗賊を成敗したり、人喰《ひとく》い虎を退治するのなんて、たいしたことない。

本当に怖いのは、敵味方入り乱れての戦争だ。過去、黄色い旗を掲げ、同じ神を信じる者たちが、皇帝の政治に抵抗して官兵たちと戦うところを見た。このまま疑念が高まり合うなら、この平和そうに見える島でも三つ巴の戦いが起きるのだろうか。

政庁から出た後、義英はアナスタシアの部屋を訪ねた。サファイアの指輪は戻ってきたが、黒の頭目の印章はまだ行方知れずだ。気を引き締めてかからねばならないなと、話し合おうと思ったのだ。

居室の扉を開くと、

「ああ、おぬしか」

アナスタシアが本を閉じて、席を立った。

その指には、今もサファイアの指輪が輝いている。

「もう、離すんじゃないぞ」

　義英が忠告すると、アナスタシアが指輪を撫でた。

「そうだな。大切なものは、離してはならぬな」

　うっとりとしていて、弾けるような笑顔を義英に向かって浮かべた。義英の動悸《どうき》が速くなる。なんだか胸が温かい気持ちで満たされて、破裂しそうだ。

「ま、まだ、薬屋と黒の頭目の印章の件もある。安心はできないぞ！」

　この場所にいたら茹《ゆだ》ってしまう。義英は「じゃあ、また明日の大会で！」とだけ告げると、アナスタシアの返事を待たずに部屋から逃げ出した。

## 8

　眠れない。雨も止んでいない。義英の気持ちが晴れやかにならないのは雨が続いているからか、薬屋と黒の頭目の印章の行方がわからないからか、それともアナスタシアが結婚を決めたからだろうか。

　後者だな、と寝台に横たわる義英は天井を見上げた。ぐっと拳を握りしめる。

　何故こんな気持ちになるんだろう。

義英は起き上がった。丸まっていた夜風が顔を上げる。どうしたんだという態度に微笑みを向けてから、書斎まで裸足で歩いた。

「俺より強い相手か」

肌着に褌を着ただけの姿で、義英は身構えた。目を閉じると自分を取り囲む敵の姿が浮かび上がった。前にひとり。右に二人。どれも自分の出方を窺《うかが》っている。

迷わず正面の敵に向かって足を踏み出した。鋭く弧を描く左手は相手の側頭部に命中する。同時に義英は右足を素早く引いて体を捌《さば》く。襲いかかってきた敵と正面に向かい合う形にする。体を沈め鳩尾《みぞおち》を狙う。さらにもうひとりは顎先を蹴り飛ばす。

研ぎ澄まされた心で、雨が止んだと察した。

義英は構えを解いた。

夜風に呼びかける。

「ひとっ走り行こうか」

夜風が尻尾をぴんと立てて、駆け寄ってきた。彗星王の時は常に走り回っていたが、今はなかなか外に出られていない。

上着と沓《くつ》を身につけて部屋を出た。雨上がりの夜空には、数多の小さな星々が輝き、満月が浮かんでいた。

義英と夜風は東房の門を開くと、領主の屋敷の塀を越えて外に出た。どこに向かおうという目的はなかったが、ひとまず黒の頭目の屋敷を目指すことにした。真進が言う通りに、塀が高く、見張りがいるのかを確かめたかった。黒市の繁華街では、まだ灯りがついている店も多くあった。大通りを東に進み、石畳の階段を上がった。亀の彫像の向こうにある門の前に、見張りと思しき男が角灯を持って立っていた。壁は確かに高くはあるが、白の頭目の屋敷とそれほど変わらないし、領主の屋敷ともそう変わらない。義英なら入り込める。

島の人間にはできないと言うのなら、本土の者の仕業だろうか。

義英は夜風とともに、黒の領主の屋敷から離れた。

港のある海側ではなく、初めて通る山側を走る。途中で夜風が鳴いた。義英は「どうした？」と足を止めた。夜風が、ついて来いと言わんばかりに走り出した。何か気になる音でも聞きつけたのだろうか。猫の耳は、人よりも、犬よりも良い。それで、義英は今まで何度も夜風に命の危機を助けられた。

夜風のあとを追っていくと、段々と湿った土の匂いが近づいてきた。踏みしめる大地が、やがて整地されていない剝《む》き出しの地面になる。街中とは違って舗装されていない道は濡れており、歩けば点々と足跡が残った。木々の間にある石段を上ると、少し開けた場所に出た。

墓場だ。いくつもの墓碑銘が並んでいる。

こんな夜更けに、何があるのだろう。

義英が夜風を見おろすと、夜風が墓碑銘の一つに近づいた。

生暖かい風が頬を撫でた。

呻《うめ》き声が聞こえた。

「えっ？」

義英は思わず飛び退いた。女の呻き声だった。周囲を見回すが、誰もいない。夜風が、地面を引っ掻いた。義英が見おろすと、地面が掌《てのひら》ほどの大きさにひび割れている。

死者が息を吹き返したのか？

義英は助けるべきか、封じるべきか迷った。いったい誰が出てこようとしているのだろう。墓碑銘を見る。『黄阿《こうあ》華《か》之墓』と生没年が記されていた。今年死んだばかりで、年齢は義英と同じ十七歳だ。

また呻き声が聞こえた。義英は恐ろしい気持ちもあったが、「聞こえているか！　助けるぞ！」と声を上げた。

妖怪の類になっていたら、倒して再び埋めなおせばいいのだ。

「いま土をどけるから！」

濡れた地面に膝をついて、もぞもぞと蠢《うごめ》く土を力いっぱい掻き分ける。木でできた蓋のようなものが現れた。

「まってろ、もう少しだ！」

縁を握って、「うぉお！」と一気に土ごと押し上げる。

「あああ、あああああ！」

中にいたのは、白い死装束を着た女性だった。長い髪を振り乱して、這《は》い出ようとしている。義英は土に汚れたままの手で、女性を桶《おけ》の中から引っ張り出した。

「大丈夫か？　どうしてこんなことになってるんだ」

「なに？　なんなの？　わからない！」

女性は屈《かが》み込んで、声を上げて泣き続けている。

「落ちついてくれよ。……名前は、黄阿華でいいのか？」

「なにそれ、知らない！」

「知らないって、君の名前じゃないのか？」

「私、……私は誰かしら？　頭が痛い……痛い！」

薄い麻の死装束を着た女性は、強く目を閉じると頭を抱えた。体をぶるぶると震わせている。義英は阿華の肩に手を置こうとして、ためらった。

「俺は王義英という者だ。領主であるアナスタシア様の仲間だ。これから領主のところに行こう」

「嫌よ！　立てない！　ここはどこなの！」

「ここは天神島で、東の街にある墓場だ。もう夜も遅いし、こんな場所で君を一人にはしておけないよ。俺が背負っていくから、行こう」

「うー、うー」

女性は泣きじゃくって、頭を抱えたまま地面にうずくまった。

義英は女性にせいいっぱい優しく声をかけた。

「怖かっただろうね。俺は君を助けたんだから、傷つけたりしない。信じてほしい」

義英は女性にそっと手を伸ばした。振り払われることはなかった。義英は女性を背負うと、彼女はぐったりして体重を預けてきた。

義英は急いで夜風とともに屋敷に戻った。

領主の屋敷の門は閉まっているはずだ。こっそり抜け出した手前、入れてくれと頼むのは申し訳ない気がしたが、女性を背負って壁を駆け上ることはさすがに義英でも難しい。

義英は階段を上って、「すみません、開けてください」と門を叩いた。

眠そうな守衛が門から現れて、義英を見て「ひぇっ！」と叫んだ。

「なな、なんだおまえたち、妖怪か！」

守衛が身構える。義英も女性も泥だらけだし、女性は死装束であるので、驚かれるのも無理はない。

「違うんです！　俺です、王義英です」

「その者なら、屋敷の中にいるはずだ！」

「すみません。無断で外に出ておりました。ちょっとした事件を背負っております。領主様に早く相談をしたい。中に入れていただきたい」

守衛にじろじろと見られた。夜風が、「にゃあん」と鳴いた。

「その猫、夜風か。ではやはり、義英殿か」

「そうです」

「いったい何があったのですか？」

「まだわからないのです。今回の件は、他言無用でお願いしたい。俺から領主様と石秀殿に話します。あとで貴殿にも改めて話をしますから」

「……わかりました」

門が開かれた。義英は女性を背負いなおした。

「出かける時も門を使ってくださいよ」

門衛からの呼びかけに、義英は苦笑して「すまなかった」と伝えた。その足で、アナスタシアの部屋を訪ねた。寝ているだろうと思ったが、今は急を要する。扉を叩いて、「俺だ！」と伝えた。

しばらくして、扉が開かれた。アナスタシアが義英の姿と背中の女性を見て、目を細めた。

「いったい何事だ」

「それを今から調べてほしいんだ。ちょっと走っていたら、この女性が墓地に埋まっていたんだ」

「……意味がわからぬ」

「石秀殿が来たら話すよ。呼んでくるから、その間に着替えをさせておいてほしい。死装束のままじゃ、あんまりだろう？」

何か言いたげだったが、アナスタシアは「わかった」と言って、女性を引き受けた。女性が不安げに義英を見つめる。

「こちらが天神島の領主のアナスタシア様だ。俺の仲間だから安心してほしい。何か思い出したことがあったらアナスタシア様に伝えておいてくれ」

義英は夜風とともに門から出て、門衛に石秀の家がどこにあるか尋ねた。石秀の家は、領主の屋敷の近くにあった。石秀はすぐにやってきた。

「どうされたのですか？」

泥だらけの義英を見て、石秀が目を見開いた。こんな夜更けに、ひどい格好で来ている自覚はある。だが、急いでいるから気にしている場合ではないのだ。

「東の街の墓に埋められていた人物が、息を吹き返した。ちょうど俺が遭遇して、棺桶から出るのを助けたんだ。記憶が混濁していて、自分が誰かもわかっていない。でも、墓碑銘には『黄阿華之墓』と十七歳で死んだと刻まれていた」

石秀が「なるほど、だからその格好なのですね」と言ってから、顎に手をあてた。

「黄阿華殿なら一昨日死んだはずです。この島で最も裕福な家のひとり娘で、死んだ時は大騒ぎだったのですが、流行病によくある赤い発疹《ほっしん》が出ていたため、まわりに感染しては危険だと、葬式は身内のみで行い、参列も断って急いで埋葬されました」

「発疹だって？　元気そうだったけどな……」

月明かりだから、発疹を見落としたのだろうか。義英の言葉に、石秀が表情を引き締めた。

「今は、どちらにおられますか？」

「アナスタシアの部屋だ」

「アナスタシア様と一緒なのですね」

義英は額を押さえた。

「病気だったら困るよな？」

確認するまでもない。アナスタシアの所に連れていく前に、石秀に会わせるべきだった。己の短慮を憂いてもいまさらだ。

「死んでも、息を吹き返す者は稀《まれ》におります。病が島に広がっては困りますから、慎重に対処しなければなりません」

「そうだな。病だったら大変だ。……だけど、俺が見つけなかったら、墓から出られなかっただろう。そうしたら、生き返ったのに息ができなくなってまた死ぬところだった」

義英は腕を組んだ。月明かりだったが、発疹は見えるところにはなかった。病人にしては元気だった。それに、義英は、本土で似たような事件を聞いた覚えがある。

「なぁ、これって、もしかしたら誰かが故意に殺そうとしたのかもしれないよ？」

「その可能性もありますね」

義英は頷いた。

「俺は屋敷に戻って着替えてくるから、先にアナスタシアの部屋に行って話をしていてくれ。頭が痛いと言っていた。自分の名前も思い出せない様子だったし、気にかかるんだ」

「わかりました」

石秀に頷いて、義英は門から部屋に向かった。井戸で泥を洗い流してから手早く着替えをして、アナスタシアの部屋を目指した。

「何かわかったかい？」

扉を開けると、居室の卓にアナスタシアと女性が座っていた。側には石秀が控えている。女性は乱れた髪を簡単に結いなおし、桃色の袍を身につけていた。見覚えがないが、アナスタシアの衣服だろう。この女性には大きいようで、袖を大きく捲《まく》っていた。

「あなた、私を助けてくれた人ね。……私は、黄阿華よ。ありがとう。でも今は家に帰らせてちょうだい。お礼はまたあとで改めてするから。家族も、婚約者も、私をすごく気にかけてくれていると思うの！」

語気は強いが、阿華の顔色はまだ悪い。頭が痛いのか顔をしかめている。

「ちょっと待ってくれ。発疹はどうだい？」

「石秀に言われて調べてみたが、どこにもなかったよ」

アナスタシアが答えた。裸を見たのだろう。

義英の中で、疑惑が確信に変わった。

「阿華殿、誰かに恨まれたりしていたかい？」

「どういうこと？」

阿華がこめかみを揉みながら、鋭い視線を向けてきた。

「俺は本土から来た人間だ。あちらでは、邪魔な人間がいる時、病にみせかけて毒で殺すこともある。今の君みたいな症状になって」

「私そんなことされてない」

「君の体に発疹ができていたから、家族は流行り病だと疑って君を急いで埋葬した。だが今はそんな発疹はないんだろ。君が死んだと思われたのは、病気のせいじゃないかもしれない……」

「でも……、それじゃあ誰かが私を殺そうとしたってこと……？」

「今は、わからない。ひと通り調べが済むまで君はどこにも行かないほうがいいよ。もしかすると犯人は君の家族かもしれないし、あるいは婚約者かもしれないから」

　阿華が瞳を鋭くした。

「そんなことないわ、私は皆に愛されていたんですから！　変なことなんか言わないで、私帰る！」

「おぬしの身にまた何かがあれば、その者たちはまた泣くことになるのだ」

　部屋を飛び出そうとした阿華に、アナスタシアが声をかけた。

「おぬしは一度親を泣かせている。その上、また泣かせかねない真似をして不孝を重ねるつもりか？」

「それは……」

阿華がぐっと唇を結んだ。子供にとって、親を泣かせる以上に悪いことなどないとされる。

「ここは我が屋敷、怪しい者は一切近づけぬ。ことの真相が判明するまでは、ここに滞在するがいい」

アナスタシアの勧めに、石秀が「その通りです」と言った。

「我々としても今はあなたが死んでいてもらったほうが都合良いのです。犯人がいるとしたら、必ず油断するでしょう」

「でも……」

阿華が視線を揺らめかせた。納得がいっていないのだろう。

「一時のことだ、長くは待たせぬ。王義英」

碧《あお》い目が義英に向けられた。

「領主として命じる。黄阿華を守り、急ぎ真相を明らかにせよ」

義英は胸の前で両手を合わせた。

## 9

空にはどこまでも澄み切った青が広がっている。義英は阿華とともに、天神廟から外に出た。阿華には、体を綿入りの布で包みふくよかな体型にして、道士の格好をさせている。化粧もしていないので、よほどまじまじと見つめない限り、女であると思う者はないだろう。

天神廟前の広場には、正面に四角い舞台が作られており、すでに見物人が大勢集まっていた。

「今日の勝者が、サファイアの鉱床を手に入れることができるんだな」

「王義英って何者なんだ？」

自分の名が呼ばれたので、義英は内心どきりとした。

「知らぬ。島民ではないようだから、領主様が本土から連れてきた人物だろう」

「案外、そやつこそが、サファイアを手に入れようと考えていたりしてな」

陰で悪口をいわれるのは業腹だが、義英は素知らぬふりで、島民の間を通り過ぎる。

「どうだい？」

「わからない。すべて思い出せたわけじゃないから。今だって、死んだと思われているなんて信じられない……。犯人なんていないと思うけど、見かけたらこのあやふやな記憶も取り戻せるかもしれないわ。もし、私を殺そうとした奴がいるなら、絶対に許さない」

意志の強い眼差しだ。

犯人を捜したい。そう言った時も同じ目で義英たちを見つめていた。このまま何もわからないままでいるなんて耐えられない、と。

この訴えはすぐに認可された。証拠として、現場に居合わせて実際に見ることに勝るものはない。かくして燈実たち役人に阿華とその周辺を調べさせる一方で、義英は阿華の付き添いで犯人捜しを始めることになった。

昨晩、棺桶の中から出てすぐは震えて泣いていたけれど生来勝気な性格なのだろう。

試合の開始を知らせる銅鑼《どら》が鳴った。

「もう行かなくちゃ」

「わたし、このまま捜し続ける」

「気持ちはわかるけど、そうはいかない。ひとりにはできないよ。アナスタシア様に君を守るよう命じられているんだ」

それに、今の阿華が家族や婚約者に出会ったら、変装を解いて駆け寄ってしまう可能性もある。犯人に心当たりがない阿華の心境を想像すると、早く生きていることを教えたい気持ちもわかる。だが、やはり真実が明らかになるまでは、慎重に事を進めていかねばならない。

義英は阿華を連れて天神廟まで戻り、石秀に預けた。

「これはまたとない機会ですよ、義英殿」

石秀が舞台に視線を向ける。

舞台の上には、六人の男たちが並んでいた。三名が黒の道着、もう三名が白の道着を身につけている。道着にはそれぞれ虎と亀の文様がはいっている。楽和と真進の姿もあった。

アナスタシアは廟の前に設えた席に座り、男たちを見下ろしている。

「今回の大会は、アナスタシア様をこの島に迎え入れるきっかけとなります」

心なしか、石秀の声が弾んでいるように聞こえた。アナスタシアが真にこの島の民となれば、碧眼や赤髪も問題にはならない。島民の団結はますます固いものとなるはずだ。楽和の意見は、これ以上ない良い話だ。だから、胸にこみ上げる、なにやらわからない感情は無視したほうがいいんだ。

義英は気持ちを切り替えようと、舞台の男たちを眺めた。

「どの男と結婚するのが島のために役立つ？」

「私たちが従うのはアナスタシア様のみですから、どなたと結婚なさってもかまいません」

石秀は淡々と答えた。義英が誰に敗れても心配ないと言いたいのだろう。

だが、義英は心配だ。

島では、楽和としか戦っていない。もっと強い者がいるかもしれない。敗れても良い相手と、勝たねばならない相手が知りたい。

「待って……私の婚約者がいるわ……」

「なんだって？」

「劉紹季《りゅうしょうき》よ。どうして……」

阿華が指さしたのは、黒い道着を着た、端正な顔立ちの男だ。

「武術大会の予選が始まったのは一週間前だろう？　婚約者がいるのに、アナスタシアの伴侶を選ぶ戦いに参加していたのか？」

「いいえ、名が違っています。劉紹季ではなく、劉紹雨《しょうう》が参戦するとなっています」

「劉紹雨なら、あの人の弟だわ」

石秀が部下を呼んで、調べさせるように命じた。

部下はすぐに戻ってきて、アナスタシアに拝礼をした。

「弟の体調が悪くなったため、弟よりも強い長兄である劉紹季の参加が認められたようです。婚約者を喪《うしな》っていることも考慮されたようです。これは、黄家の同意も得ており、応援されているようです」

「私は生きてるわ！　伝えないと！」

飛び出そうとする阿華の腕を、義英は摑《つか》んだ。

「俺が倒すから心配ないよ。劉紹季は外すとして、俺は誰に負ければいい？　本土においては、寵妃《ちょうき》の親族は皇帝にひきたてられて権力をふるうものだ。天神島でも同じことが起きるんじゃないか？」

「では、白と黒の頭目の息子たちは外しましょうか。頭目たちには、今ある権力だけで充分です。そこに領主の伴侶という力を積み増して、均衡を崩す必要もありませんから」

あっさりと石秀が言った。義英は「そうだな」と頷いた。楽和と真進には、必ず勝つ。

「ちょっと待ってよ。あなた、自分が全員に勝てるとでも思ってるの？」

「……楽和兄さんより強い男って、この島にいっぱいいるのか？」

「楽和様は強いわ。でも、真進様も、私の婚約者も、他の人たちだって、武術が得意と評判の人ばかりが揃《そろ》ってる」

「そうか。じゃあ、気合を入れて慎重に戦わないといけないな。領主に相応しい相手に勝ってもらわないとならないんだから。石秀殿、先代の領主の正妻は東西どちらかの娘だったんだろ。どちらだったんだ？」

伴侶の出身が東か西かによって、島民の気持ちも変わるだろう。先代の正妻とは逆の出身者が良いかもしれない。

「先代に正妻はおりませんでした」

「どういうことだ？」

「先代はアナスタシア様の母上を正妻にと望まれましたが、東西の頭目の同意を得られませんでした。この島では領主が法ですから、頭目の同意などなくとも正妻として迎えることは可能でしたが、民に望まれぬ島に来ることはアナスタシア様の母上にとって幸せではないとお考えになられました。結局、先代は本土に通われることを選び、東西の頭目が勧める正妻候補をすべて拒否して、死ぬまで誰とも婚姻関係を結ばれませんでした」

「アナスタシアは、先代領主を恨んでいると言っていた。サファイアの指輪を渡して、母親の死には立ち会わず、二度と現れなかったと」

「誤解です。先代はアナスタシア様の母上を愛しておられましたし、その血を受け継ぐアナスタシア様を想《おも》うがゆえに島に呼ばれなかったのです」

「では、アナスタシア様を領主にしたいのは石秀殿か」

「アナスタシア様は、高貴な血をお継ぎなのです」

石秀の口調がいつもより強くなった。珍しい。この男は、血筋をそれほどまでに重んじるのか。義英は驚いた。

「そろそろ義英殿もいかれませんと」

もっと話が聞きたかったが、石秀に促されて義英は広場に向かった。

義英が舞台にあがると、島民たちの輪からざわめきが起こった。

「なんだ、あの子供は！」

「義英ってのは、あいつか？」

「これじゃあ皆が勝っちまうぞ、そうしたらどうするんだ！」

義英の前に相対して並ぶ六人の男たちは、道着を身につけた大人ばかりだ。まだ十代の義英より体格がよい。自信とやる気に満ち溢《あふ》れた対戦者たちと比べ、青い衣を纏う義英の姿は、細く、頼りなくさえ見えるのだろう。

「領主は本気か？」

「あんな子供を戦わせるなんて、何かの冗談じゃないのか！」

島民たちの困惑には、憤りさえ混じっている。

銅鑼が鳴り響いた。

「我が名はアナスタシア！　ここに武術大会の開催を宣言する。島より選ばれた男が、この王義英と対戦する！　本日は己が力を存分に披露してみせよ！」

義英は胸の前で両手を合わせると舞台を降りて、アナスタシアの隣に立った。

舞台上では、東西に別れた男たちがくじを引いている。組み合わせは、すべて白と黒だ。そのうち一組は、楽和と真進という頭目の息子同士となった。それぞれが定められた場所に移動した。東西の男たちが向き合う光景に、島民たちの注目が義英から逸《そ》れた。

男たちが間合いを取っている。アナスタシアの前に侍している石秀が手を上げた。

「始めよ！」

鋭い一声とともに、手が振りおろされた。

気合の声が、男たちの口からほとばしった。石畳を蹴り、相手へと突進する。

最初に勝負が決まったのは右手の組だ。黒の道着を纏った男が、白の道着を纏った男を投げ飛ばした。白の道着を纏った男は、受け身をとることもできず、そのまま大の字に伸びた。

義英は視線を左手の組に向けた。鋭く急所を狙う紹季と、攻撃を無視して突進する白の者との戦いだ。白の者の一撃は数こそ少ないがそのぶん重い。当たれば一撃で相手を吹き飛ばす勢いがある。紹季はじりじりと押されていく。

体力勝負であれば、白の勝ちだが。

紹季は、広場の隅に追い詰められた。白の者が渾身《こんしん》の一撃を放った。その瞬間、紹季の体が宙を舞う。がら空きになった白の者の背後に下り立ち、白の者を石畳に沈めた。鮮やかな逆転劇に広場がどよめく。だが、一瞬だった。

観衆の意識は、今や中央の戦いにあった。楽和と真進との戦いはまだ決着がついていない。楽和の拳は獲物を前にした虎の猛《たけ》りを、真進の流麗に一撃を受け流す動きは水を操る亀を思わせる。二人は吼《ほ》えながら、何度も距離を詰め、間合いをとって戦い続けた。

どちらも同じくらい強いんだな。それに面白い戦いかたをする、と義英は思った。体格に恵まれた楽和は力で押し、無駄な重みのない真進はそのぶん素早く動きまわる。二人はまるで舞うように広場を駆けめぐった。

戦いは、半刻を過ぎても勝敗が決まらなかった。

だが、楽和の顔に汗が伝い、顎から滴り落ちている。真進の肩が上がり始めている。

そろそろだな。もう少しで決着する。

楽和が大きく息を吸った。

「おおおおお！」

広場の空気を震わせながら、楽和が突進した。島民たちが息を呑むのがわかった。真進が構えをとり損なった。楽和の猛攻を前に、真進は棒立ちになってしまったのだ。それはわずかな間だったが、致命的だった。

楽和が黒の道着を摑んだ。真進の体が空を舞う。まるで、烈風に巻きこまれた木の葉のようだった。

黒の道着が石畳を鳴らした。それが戦いの終わりの合図だった。

勝利をおさめた三者が廟の前に並ぶと、広場からは興奮の声が上がった。三人の男たちの表情には自信が感じられた。この先の戦いに、恐れを抱いていないのだ。選ばれた三人はすべて義英と戦うことになるが、黒の道着の男たちは義英には見向きもせずに、アナスタシアに微笑みをむけている。

義英の頬は軽くひきつっていた。

これほどまでとは思っていなかったな。

廟の前に並ぶ男たちは、今の試合の勝者だ。けれど、ただそれだけだ。あの程度の戦いで優越に浸らないでもらいたい。もしこの場に先代の彗星王がいたら、児戯など見ている暇はないと立ち去るだろう。夜風は試合を見るのもやめて、廟の屋根に登ってあくびをしながら日向ぼっこをきめこんでいる。

こんな馬鹿げた戦いで、アナスタシアの伴侶が決まるのか。

アナスタシアは椅子に肘をついて、薄く笑みを浮かべながら男たちを見下ろしている。

義英には、アナスタシアの考えがわからなかった。だが、この大会は、天神島の領主が決めた。この島は領主の一言によってすべてが定まる。もとより、義英がアナスタシアに島の男との結婚を勧めた。

「義英殿、よろしくお願いいたします」

石秀の言葉に、義英は「わかっているよ」と舞台に上がった。

最初は紹季だ。整った顔をしているだけでなく、体幹が良いのも立ち姿から伝わってくる。

一礼をしてからの構えによどみはなく、修練を積んでいるのはわかった。

義英は溜息を吐きたくなった。

選ばれた三人の中では紹季と楽和が強い。もし三人で勝ち抜き戦をやれば、間違いなく紹季と楽和が戦うことになるだろう。けれど、紹季は阿華の婚約者であるし、楽和は白の頭目の息子なので、この戦いから排除しなければならない。

残りの一人は雑魚だ。先ほどの戦いを見てわかった。勝てたのは実力というより運と偶然によるところが大きい。困るのは、その事実を本人がまるで自覚していない点だ。こういう輩《やから》を、どうやって勝たせてやればいいんだろう。

「えいやあっ！」

義英が真面目に考えていると、紹季が気合とともに間合いに飛び込んできた。

体は反射的に動いた。

「あ」

意識したわけではなかった。顔面に向けて放たれた突きを義英は肘で弾き返し、そのまま手の甲で相手の鼻の下を打った。義英の一撃に加えて、自ら飛び込んできた勢いが合わさり、紹季はすとんと膝を折ると仰向けに倒れた。そのまま起き上がらない。

やってしまった。

義英は紹季を見下ろすしかなかった。石秀の様子を窺うと、いつもと変わらぬ淡々とした表情をしていた。それが逆に、責められているように感じて、心地が悪かった。

わかってる、あんまり簡単に勝ちすぎても八百長試合を疑われるんだろ！

今度はうまくやるよと内心で訴えながら、次の相手である雑魚と一礼する。どうやら、須《しゅ》臾《ゆ》の間もかからなかった勝負を見て警戒しているようだ。身構えてからも、すぐには飛び込んで来ない。

さて、この者がアナスタシアの伴侶となるのだ。アナスタシアを支えていく仲間となれるだろうか。無理な気がする。俺はこの男の何も知らない、ただ弱いことだけはわかっている。

いったいどうやって負けようか。

わざと隙を見せればいいのか。果たして気づいてくれるのか。いっそこちらから出ればいいのか。胴をがら空きにして飛び込めばさすがにわかってくれるだろうか。それとも前に出るとみせかけて転んでやればいいのか。

なんだか、馬鹿らしいな。どうして俺がこんな演技をしてやらなきゃならないんだ。

義英は、たくさんの修羅場をくぐり抜けてきた。素手ではなく、刀や槍《やり》を持った相手とも戦った。負けたと言えば許してもらえるような甘い世界とは無縁の場所で生きてきた。

だからこそ義英の中にはそれなりの自負がある。何十何百と立ちはだかる敵を打ち倒したのは、間違いなく己の強さだ。誰にも頼ることなく、夜風とともに生きてきた。

この島で一番強いのは俺だ。そう叫んでやりたい。

ほかの誰でもない俺だ。彗星王として荒んだ世を渡り歩いてきた、この俺だ。

島の民が彗星王を知らないのは仕方がない。この小さな世界から出たことがないのだ。わかってなくてあたりまえだ。だが、アナスタシアは違うはずだ。義英はちらりと廟に視線を投げた。アナスタシアはつんと顎を上げ、微笑みを浮かべてこちらを見下ろしている。

俺が彗星王だと知っていて、なぜ島民と戦わせるのか。島の融和のためにと意見した結婚を、アナスタシアがするりと受け入れた衝撃で、理由を聞いてはいなかった。

強い男が好きだからか。義英と同じように、腐敗した世を生き抜いてきたアナスタシアがそう考えるのはわかる。力のない義など何の役にも立たない。先代の彗星王は、何かを成し遂げるためには力がいるのだと言っていた。

アナスタシアはこの島の領主だ。民を率いるには力がいる。理想だけでは人はついてこない。そのために強い男を探しているなら、俺で満足していれば良いんじゃないのか。

広場に叫び声が響き渡った。動かない義英に焦《じ》れたのか、相手が飛びかかってきたのだ。義英は、攻撃を受けてやった。体をわざとずらして、急所に当てさせてやった。だが、男の拳には、あまりにも力が足りない。蹴りは情けないほど切れがない、二度三度と受けても、どれも痛打にも程遠かった。四度目の拳が義英の鳩尾を狙って繰り出された。

「遅いっ！」

我慢も限界だ。義英は男の手首を捕らえた。内側へ捻《ひね》ればそれだけで体が揺らぐ。足腰を鍛えていない証拠だ。湧き上がる苛立《いらだ》ちにまかせて、義英は相手を容赦なく投げ飛ばした。男は頭から落下した。後頭部を石畳で打ち、男は白目を剝いた。

もう、石秀のほうを見ることはできなかった。

決勝戦ともいえる勝負を前に、白の陣営からは怒号にも似た歓声が湧き上がる。

「頑張れ若君！」

「絶対にあんたが一番だ！　俺たちに勝利を！」

もはや、観衆たちにとって、義英はただの子供ではなくなっただろう。少なくとも、強さは認められたに違いない。

「楽和！　負けるな！」

「島の男の意地を見せてやれ！　そいつに本当の戦いってやつを教えてやってくれ！」

黒の陣営からも野太い声の檄《げき》が飛ぶ。つい先日の祭りを思わせる熱気が広場を埋め尽くしていく。

わかってる。島の皆が望んでるのは、楽和兄さんの勝利だもんな。

義英が負けることで島民が団結するのならば、こちらも役目を果たさねばならない。義英は気合を入れなおして正面を見た。楽和は満面の笑みを浮かべていた。目は喜びで輝いている。まるで祭りに出かける時の子供みたいだ。

黒の男二人を倒してしまったのだから、この大会の勝利者は楽和しかあり得ない。義英が勝つわけにはいかない。アナスタシアが伴侶とする相手は、島の人間でなければ意味がないのだ。

だから何としても、楽和に勝ってもらわなければならない。

これは難しいぞ、と義英は悩んだ。

楽和は弱くない。紹季が義英にあっさり負けたのは、義英を侮っていたからだ。だが、楽和は違う。八百長かと疑われたら白黒両陣営での紛争の種になる。遺恨試合となってはならない。けれど、本気で取り組めば怪我をさせるだろう。

この勝負は、もはや演劇だ。島の男が本土の男に勝利して領主の伴侶となる筋書きで、大衆を喜ばせてアナスタシアを受け入れさせるための芝居だ。

俺は楽和兄さんの引き立て役だ。

石秀の声が戦いの始まりを告げる。義英は楽和と広場の中央に歩み出て、互いに一礼する。身構えてからすぐ勝負は始まった。中段の構えを取ったその次、楽和が駆け出してきた。猛虎の突進を思わせる。

さすが楽和兄さん、勢いがあるな。

義英は下段の構えのまま、楽和を待ち受ける。

「おうっ！」

楽和が突きを放った。義英は動きを見切り、上体を逸らすだけで躱した。

義英は楽和の首筋に向けて蹴りを叩き込む。だが、驚くことに攻撃を避けず、逆に額で義英の足を弾き返す。

楽和は後退の文字を忘れているかのようだった。義英が足技を繰り出しても、ことごとく受けとめ、あるいは跳ね返して、前へと進んでくる。楽和の拳はどれも凄《すさ》まじい勢いがあった。捲《ま》き上がる風が何度か青の衣をかすめ、そのたびに観衆の輪から歓声が上がった。

頃合いか。

島民たちは、楽和の突撃に目を奪われているようだ。実際、義英はゆっくりと後退している。島民たちはきっと、この勝負は頭目の息子が押していると思っているに違いない。

ならば、仕上げの一撃を待つだけだ。

楽和が義英の蹴りを肘で受けとめて、反対の腕を振り上げる。楽和の拳が狙う先は義英の鳩尾だ。

まともに食らえば吹き飛ぶだろう。

義英は防ぐことを考えず、衝撃を少しでも防ぐために腹に力をこめた。

「本気を出せ、義英」

拳は義英の腹に食い込ませる寸前で止まった。鼻先が触れそうになるほどの近距離から、楽和が囁《ささや》いた。

「おぬしは強い。おそらく俺よりもはるかに。だが、このまま神聖な勝負を汚そうというのであれば、今後俺はおぬしを絶対に許さん」

動きを止めた義英と楽和に、観衆たちがざわめき始めた。

「ち、違うよ」

義英は言い訳を探した。

楽和が眉間に皺《しわ》を寄せる。

「ああ、そうか。島の男との結婚を言い出したのは俺だ。だから手加減をしてくれようというのか」

楽和の声は小さい。義英の耳にしか届かないだろう。

石秀との企《たくら》みを気づかれてしまった。もはや、全力を出さなければ、楽和は義英を軽蔑するに違いない。

勝つことは負けるよりも簡単だ。俺はこの男より強い。その気になれば完膚なきまでに叩き伏せられる。

だけどそうしたくないんだ。この大らかで勇猛な人を傷つけたくない。衆人環視の中で無様な目に遭わせたくない。敗者という汚名を着させたくない。

ああそうだ。俺はこの人に嫌われることを望んでいない。

「真剣勝負では全力で戦うのが誠意だ。おぬしのやりかたは優しさではない」

義英は見えない拳で胸を突かれた。

俺は、俺のやりかたが、いつだって正しいと思ってきた。けれど、違うのかもしれない。

「俺を友であると思うのなら、勝ちを譲られるような卑怯者《ひきょうもの》に俺を仕立て上げるな！」

楽和は一声を上げた。それは獣の遠吠《とおぼ》えにも似ていた。

「楽和！　楽和！」

島中の者たちが叫んだ。次代の白の頭目と定められた男は恐れを見せず、義英に襲いかかった。

義英は、楽和の動きをすべて見切っていた。拳が届くよりも早く、義英の足先は楽和の顎先をとらえた。のけぞった楽和の側頭部に次の一撃を叩き込む。青衣が旋風を巻き起こす。連続して叩き込んだ蹴りは、すべて楽和の胸板に炸裂《さくれつ》した。

逞しい体がぐらりと揺らいだ。楽和は石畳に沈んだ。

広場が静まり返った。楽和は立ち上がらなかった。

「勝者、王義英！」

石秀の声が朗々と響き渡った。

続けて、島民たちがどよめいた。

「兄さん！　大丈夫か！」

義英は楽和に駆け寄った。楽和は胸を押さえて呻いていた。少なくとも骨にひびは入っているはずだ。

本気を出せと言われたからそうしたけれど、本当に良かったのだろうか。嫌われてしまっただろうか。

舞台にあがってきた役人たちが、楽和を運び出そうとする。

楽和が額に汗を滲《にじ》ませ、義英を見上げた。

「それでいいんだ、義英。良い戦いだった。また手合わせしよう。皆も見ただろう！　勝者はこの王義英！　この者を讃《たた》えてくれ！」

楽和が笑みを作った。痛みを堪《こら》えているようで、歪《いびつ》な笑みだ。義英は嬉しいのに、泣きたくなった。

島民たちの歓声が広場に弾けた。

義英のもとに、石秀が近づいてきた。

「ご苦労様でした。これで島の皆の中で、アナスタシア様の存在が大きくなりましたね」

「えっ？」

説教でもされるかと思っていた。義英は戸惑いを隠せなかった。

石秀が観衆に視線を向ける。

「王義英！　おまえすごいな！」

興奮した様子の島民たちが、義英を見つめていた。

「義英殿の戦いぶりに、島民たちは魅せられたようです。董楽和殿の言葉も良かった。領主が連れてきた者はただならぬと、この大会で誰もが知ったことでしょう。アナスタシア様の人選が優れている証明になりました」

そういえば、石秀に負けろなどとは一度も言われていなかった。初めから、この結末を予期していたのだろうか。真剣に悩んで戦ったのに、石秀の掌の上で転がされた心地だ。

「皆に紹介しよう。王義英は、この私が本土より連れてきた男だ。まだ若いが強さは皆が今、見た通りだ！　ここに誓おう、私は彼とともにこれから先、島と島の皆を守ると！」

アナスタシアが宣言した。観衆から、歓声が上がる。

義英は石秀にうながされて舞台の中央に立ち、胸の前で両手を合わせた。

「王義英！　王義英！」

明るい場所でこんなにも大勢の人たちに自分の名を呼ばれるのは初めてだし、照れくさい。

義英は足早に廟に向かった。

廟の前には五人の男たちが並び、アナスタシアに謁見している。

「義英は愚直な男であるから、手加減をすることができぬ。痛い思いをしたであろう。よき戦いを見せてもらった。そなたらには褒美をとらす」

もしかして、アナスタシアも、俺が勝つと思っていたのか。

それなら、そもそも、結婚なんてする気はなかったんじゃないのか。

義英はなんだか少し安心したが、アナスタシアをただ楽しませただけに終わったことが腹立たしくもあった。複雑な気持ちを抱えながら、廟の中に入った。

阿華が駆け寄ってきた。真剣な眼差しをしている。

「わかったの。あいつよ……」

「誰だ」

阿華が廟の外を指さした。

「私の婚約者、紹季よ」

「なんだって？」

「元婚約者なのよ！　そうよ、思い出してきたわ。顔は良くて、優しい人だと思っていたけど、だんだんお金の話しかしなくなったの。この私よりもお金のほうが魅力的なんだと察してお断りよ！　って言ったのよ。その時、あの人がちょっと落ちついてくれって、お茶を煎《い》れてくれて……。そのお茶を飲んだらなんだか気持ちが悪くなってきたの。家に帰ってからも頭が痛くなって、ご飯も食べられなくて先に横になるわって……そこからは、何も覚えてないの」

　覚えていないのは当然だ。埋められて土の中にいたのだから。だが、どうして阿華をそんな目に遭わせたのか。島でも最も裕福な家の娘であるのに。

「いや、そうか……」

　この島で最大の財力を有するのはアナスタシアだ。アナスタシアの伴侶になれば、その財産も手に入れられる。義英が阻みさえしなければ。

　義英は慌てて廟を出た。

「私にもう一度機会をくださいませんか？」

　紹季がアナスタシアの前に進み出た。

「何の機会だ？　無様に負けたおまえに？」

　アナスタシアの言葉に紹季が顔をしかめた。

「今回は油断しただけです。本領を発揮できなかった、次の機会さえあれば必ず！」

「無駄だ。何度やってもおまえごときに義英は倒せぬ」

「領主様。私はあなたを誰よりも大切にいたします」

「そう言って近づいて、最後には殺すつもりなんでしょ！」

言い縋《すが》る紹季の言葉に甲高い声が重なった。

義英の背後から、阿華が叫んだのだ。

「おまえ、誰だ？」

「わからないの？　最低ね！」

「え、あ、阿華？　なんでおぬしが！」

「おあいにくさま、ぴんぴんしてるわ！　あなた私に何か盛ったわね！」

阿華は指を突きつけた勢いそのままで、紹季に飛びかかろうとした。さすがに無茶だ。義英は慌てて後ろから抑えた。その間に紹季は身をひるがえした。逃げ出すかと思ったが、違った。紹季はアナスタシアにかかっていき、後ろから羽交い絞めにした。

「アナスタシア様を離せ！」

「近づくな！」

紹季は、駆け出そうとする義英を牽制した。

「俺に逆らうな。女などは、男に従っていればいいんだ！」

「なんですってえ！」

阿華が叫び返すが、さすがに動かない。真進や石秀ですら身を固めている。

「私と結婚すると誓え」

紹季は赤髪に鼻先を埋めた。

「領主は法だ。おまえが誓えば、もう誰も私には逆らえない！」

さあ、と紹季はアナスタシアの体を揺さぶった。

「愚かな」

退屈そうな呟きだった。

アナスタシアが両腕をするりと天に掲げた。紹季のいましめが自然に緩む。縄抜けと同じ要領で、素早く身を沈める。

しなやかな動きで紹季の眼前から消えてみせると、青色の裙《くん》（裾）が花のように開いた。アナスタシアはしゃがみ込みながら、長い脚で紹季の足首を痛烈に払った。紹季は無様に体制を崩す。領主からの反撃など予想もしていなかったのだろう。

仰向けに転びそうになるのを、義英は許さなかった。

そんな程度で終わらせられるか。

義英は紹季のこめかみを狙って、上段の蹴りをはなった。紹季の両足がわずかながら宙に浮く。さらに一発、鳩尾に爪先を叩き込む。紹季は白目を剝いて地面に倒れた。

島民たちがよってたかって紹季を縛り上げる。アナスタシアは腕を組んで、紹季を見下ろした。

「その程度で私に楯突《たてつ》こうなど百年早いわ」

アナスタシアが鼻で笑った。

澄ました顔を陽光が照らしている。眼光の鋭い眼差し、自信に満ちた唇の形、堂々とした立ち姿に、義英はごくりと息を呑んだ。

なんだ、強いんじゃないか。

腐った世の中を、ひとりで生き抜いてきたのだ。そうか、俺を選んだ人は——アナスタシアは、思っていたより格好良くて、逞しいのか。

義英は口元を押さえた。胸が高鳴ってしかたがなかった。

紹季は阿華を殺そうとした罪を認めなかったが、アナスタシアを襲った罪で捕縛された。

義英とアナスタシアは石秀の案内で、領主の屋敷の隣にある役所の地下牢に向かった。

「劉紹季、おまえは阿華に何の毒を飲ませた？」

「そんなことはしておりません」

格子越しに、紹季は姿勢よく座したままアナスタシアを見上げた。あくまでも阿華の毒殺未遂は認めないつもりのようだ。

石秀が部下を呼んで、「報告を」と告げた。

「劉紹雨の症状は眩暈《めまい》と高熱、吐いたりした時の飛沫でかぶれが起きるようで、赤い発疹が見られます。黄阿華の症状と似ております。また、劉家の証言では、四日前に、飼っていた鳥が急に死んだそうです。死骸はすでに埋められておりますが、皆、同じ毒を飲まされた可能性があります」

部下が言い終えると、紹季がアナスタシアに向かって歪な笑みを浮かべた。

「可能性と言うだけで私を断罪するのですか？」

「おまえはまだ何もわかっていないようだな。この島では、私が法だ。領主の命を狙ったのだから一族郎党財産没収のうえ皆斬首だ」

アナスタシアの言葉に、紹季がしばし沈黙した。

「どうしたらお赦《ゆる》しいただけるのでしょうか」

紹季を見下ろしながら、アナスタシアが腕を組んだ。

「何の毒を飲ませたか、誰からその毒を入手したかを話せば、島からの追放だけで許してやろう」

「本当ですね？」

アナスタシアが紹季を睨みつける。

「疑うなら、このまま処刑の日を待つんだな」

踵《きびす》を返しそうな雰囲気に、紹季が格子を掴んだ。

「いえ、お話させてください！　毒は、本土から来た薬屋から買いました。何の毒かはわかりません。鴉片《あへん》と芫花《げんか》と仙人草《せんにんそう》と……色々と混ぜて作った秘薬だと聞きました」

「薬屋だと？　名はわかるか？」

「朱銀栄と名乗っておりました。先月の船で島にやって来たそうです」

義英は内心でとても驚いた。まさか、薬屋の朱銀栄が絡んでいたとは。

「どこにいるんだ？」

アナスタシアも当然のように追及する。

紹季はよほど死にたくないとみえて、一度湿った唇はすらすらと成りゆきを話した。

「四日前、黒市の繁華街で知り合いました。領主様の伴侶選びとなる術大会が開催されると知り、勝ち抜けると思いました。黄家は金持ちですが、領主様には及びません。そのために阿華との婚約を何としてでも穏便に破棄したいと思っていました。そんな時に、浮かない顔をしていると声をかけられたのです」

「島に来たばかりの薬屋から、毒を買ったわけか」

よく信用したものだなと義英は思った。紹季は「誘惑にかられました」と格子に額を押しつけた。情けない顔には、後悔の色が浮かんでいる。だが、阿華の話と食い違っている。阿華から婚約破棄を言い出したのだ。この男の言っていることは、どこまでが本当なのだろうか。その時々に合わせて、適当なことを言っているようにも思える。

「阿華が病で死んだとなれば、弟よりも長兄である私が先に結婚するべきだという流れになります。そんなうまいことといくかわからないと思い、鳥で試したのです。けれど、どうか聞いてください、私は阿華を殺すのは怖くなったのです。ですから、もらった量すべては飲ませませんでした。生きるか死ぬか……天に委ねたのです」

紹季の訴えに、義英は「否！」と声を上げた。

「でも、棺桶は地中深くに埋めてあった。息を吹き返しても、誰にも気づかれずにそのまま死ぬことになっていたんだぞ！」

「埋めたのは私ではありません！」

あくまでも、自分がやったのではないと言いたいのか。義英は紹季の醜さに奥歯を噛んだ。

「その毒の残りはどこにある？」

アナスタシアの問いに、紹季は再び沈黙してから唇を開いた。

「我が弟に飲ませました」

ふっとアナスタシアが紹季を冷たく笑った。

「なるほど、おまえはつくづく救いようのない男だな。薬屋にはどれ程の代価を支払ったのだ？」

「それほど高い金額ではありませんでした。代わりに、私が勝利した暁には、サファイアを片手に持てるだけ渡す約束をしておりました」

「どういう方法で連絡を取る手《て》筈《はず》だったのだ？」

「薬屋のほうから接触するとのことでした」

「すぐに劉家の屋敷に部下を行かせて確認させます。この者には、薬屋の似顔絵を描かせましょう。あとは私どもにお任せください」

石秀が言った。

「似顔絵なら、私が描いたものがあるだろう。それをこいつに見せろ」

「嘘偽りを言うかもしれません。まずは描かせて、二枚を見比べましょう」

アナスタシアの人相書きは役に立たない。紹季の記憶が頼りだ。けれど、石秀はそうは言わなかった。

義英とアナスタシアは牢獄を出ようとした。

「本当に、島を出れば良いのですね！　それで許されるのですね！」

紹季がなおも言いつのる。アナスタシアが舌打ちをした。

「今月来る船に乗せてやる。約束は違《たが》えぬわ！」

「ではどうか牢の警備を厳重に願います。俺は誰とも会いたくありません！」

阿華や弟が来て、詰《なじ》られるのを恐れているのだろうか。

つくづく性根の腐った奴だなと義英は苛立ちを覚えた。

屋敷に戻ると、夕餉の支度ができていた。ずらりと並ぶ料理はどれも普段とはうって変わって豪華だった。本日の義英の戦いぶりを見た漁師や農家が、「是非うちのもので勝利を祝ってやってくれ！」と食材を持って押し寄せたらしい。見事な魚は甘酢蒸しに、鰻《うなぎ》は揚げ物に、鮑《あわび》や海鼠《なまこ》は壺《つぼ》の中で湯気を上げていた。他にもこの季節には珍しい青菜の炒《いた》め物や果物も惜しげなく卓に並べられている。

「この酒は初めて見るな」

卓には酒杯が二つ置かれていた。薄い紅色をしている酒だ。

「当たり前です」

アナスタシアの視線を受けて、厨房《ちゅうぼう》を預かる料理人はつんと顎を上げて答えた。

「普段から出していたらあっという間になくなるじゃないですか。これはこういう時のためのとっておきです」

「むむ……」

図星だったのか、それ以上は何も言わずにアナスタシアは杯を口元にもっていった。

義英もともに杯を手にする。香りは良く、まろやかな口当たりだった。

「どうだ」

義英を見つめながらアナスタシアが問いかけてきた。

「どうだ、って？」

「勝利の味は格別だろう」

微笑まれて、義英は首を捻った。アナスタシアと違って、酒を飲んだ体験はほとんどない。料理人が言う『とっておき』がどれほどのものか、判断ができない。

「……そうだな」

だが、確かに旨《うま》いと思う。

これまで、戦って褒められることはあまりなかった。敵を倒して生き延びた実感を夜風と噛み締める、そればかりだった。強さを称賛され、戦い方に快哉《かいさい》を叫ばれる。義英にとっての初めての体験はなんとも不思議な気分にさせられる。

「悪くない」

そうだ、今日一日は悪くなかった。紹季の件は胸がむかつくほど腹が立ったが、奴は今牢屋の中だ。身勝手極まりない野心は潰《つい》えている。

「阿華殿は、あんな男と結婚しなくて本当に良かった」

義英が心の底から言うと、

「まったくだな」

アナスタシアが酒杯を手に相槌《あいづち》を打った。

「私の母も、親父殿のどこが良かったのだろう」

目を細めて、アナスタシアが本土の方角を見る。

「優しい人だったのか？」

「そうだな。心が弱い男だったのかもしれない」

「違うんじゃないか。島民の勧める縁談はすべて断ったのだろう？」

心が強くなければ、領主といえども貫くには難しかったのではないか。義英の問いかけに、アナスタシアが酒杯を呷《あお》った。「もう一杯」と給仕に声をかける。

給仕がやってくる間、アナスタシアはじっと卓を見おろしていた。

「……どうして死に際に見捨てるような真似をしたのだろうな」

再び酒杯を手にして、アナスタシアがぽつりと呟いた。

義英は、先代彗星王の死を思い返した。老いていたこともあったのだろうが、咳《せき》をするようになったと思ったら血痰《けったん》を吐くようになり、熱を出して数日で逝ってしまった。

「認めたくなかったんじゃないか？」

「ん？」

義英は、夜風を手招いた。膝の上に乗った温もりをそっと撫でる。先代の最後を自分たちはこうして看取ったのだ。

「死を受け入れられないくらい、愛してたんじゃないか？」

先代の彗星王が亡くなった時、独りだったら耐えられなかったのではないかと思う。夜風が側にいてくれて良かった。再び立ち上がり、先代の意志を継いで、夜風とともに戦うという誓いを新たにした。

「そなたが愛を語るか」

アナスタシアがくすくすと笑った。

「なんだよ」

義英は唇を尖《とが》らせた。アナスタシアは独りで母親の死を見届けたのだろう。父親に見捨てられたと感じても不思議ではない。けれど、先代領主には、確かにアナスタシアに対する情があったと思えてならないのだ。

「いや、そうだな。そうかも……しれないな。私なら、最期までともにありたいが」

「ご歓談のところ失礼いたします。アナスタシア様にご報告があります」

石秀が人相書きを持ってやってきた。三十代半ばと思しき辮髪の男が描かれている。目は細く、唇も薄いが、特徴がなく、ぼんやりした顔つきをしている。間者に向いているなと義英は思った。阿華に道士の格好をさせたように、この男が役人の服を着ていれば、紛れていても不審に思わない。

「まさに薬屋の朱銀栄だ。私が描いた通りだろう！」

アナスタシアが誇らしげに胸を張った。謎の生き物を描いておきながら、その自信はいったいどこから湧いて出てくるのだろう。純粋に自分の絵の才能を信じている姿は、どことなく子供っぽい愛らしさもあって、義英は真実を告げるのにためらいを覚えた。

石秀もまた、アナスタシアの言葉を受け流して続けた。

「小洪にも確認しました。指輪をくれた人物はこの男で間違いなさそうです」

「経緯はわからぬが私の指輪を手に入れて小洪に渡し、代わりに紹季に毒を与えたのか。武術大会が開催されると決まったからだろうな。毒の代価は銭では安い。紹季に恩を着せることで、勝利した暁には、サファイアを幾ばくか得ようとしたのだろう」

アナスタシアが顎に手をあてた。

「しかし、賭ける人物を見誤ったな。見る目がなかったと言うわけだ」

納得顔でアナスタシアが言った。アナスタシアはやはり、義英なら勝つと読んでいたのだ。

そう思われていたのは、やっぱり少し誇らしい。

けれど、気になることがある。

「なぁ、アナスタシア。どうして島の皆を俺と戦わせたりしたんだ？」

義英が勝つと信じていて、島民に領主の人選の確かさと、義英の強さを示そうとしたとしても、敗れたら結婚だ。危うい真似ではないのか。

「そういえばおぬし、手に入れた宝は見せびらかしたりしていたのか？」

問いかけを無視された。これは、答える気はないという意味だろう。これ以上聞いても言いやしないなと、義英は追及を諦めた。

「いや。ぜんぶ銭に変えて、配ってしまったよ」

「私も、普段なら、さっさと金に変えるんだがな」

「どういう意味だ？」

アナスタシアが酒杯に唇を寄せながら、ふふと笑った。

第三章

# 星の落ちる島

## 1

善載《ぜんさい》二年の一月十七日、巳字《みじ》（十時）、領主の屋敷にある政庁《せいちょう》で、義英《ぎえい》は夜風《よかぜ》とともにアナスタシアの右側に控えていた。

アナスタシアは椅子に腰かけており、その正面には白の袍《ほう》を纏《まと》った董藤和《とうとうわ》と、黒の袍を纏った鄭真進《ていしんしん》が、胸の前で手を合わせて拝礼している。藤和と真進の背後には、それぞれ東西の従者たちが膝をついて首《こうべ》を垂れていた。

石秀《せきしゅう》はアナスタシアの左側に立っていた。官服姿の燈実《とうじつ》と他五人が集っている。誰もが、難しい顔をしており、政庁には張り詰めた雰囲気が広がっていた。

「アナスタシア様のご命令にて、白の頭目の印章を持ってまいりました。しかし、何ゆえ鄭真義《しんぎ》は現れぬのでしょうか。名代に息子を遣わすとは……」

藤和が真進を見やると、真進はアナスタシアの前で膝をついた。

「申し訳ございません、我が父と言えどもこれは申し開きもできません。どのような沙汰であれ、謹んでお受けする次第です」

アナスタシアは厳しい顔をして、高らかに声を発した。

「明日は、本土からの定期船が来る。その際に、使者を立て皇帝への親書を持たせようと思っている。内容は私アナスタシアが先代の後を継ぎ、新たに天神島《てんじんじま》の領主となった旨の宣言だ。慣例に従い、文書には東西の頭目もそれぞれ署名してもらう。そのために印章を持ってくるよう命じておるのに現れぬとはな」

「アナスタシア様の御代《みよ》にて、頭目として認められる大切な機会だというのに。私からも真義に声をかけましょう」

「いや、自ら出て来るのを待つことにする」

アナスタシアはもちろん、義英も真進も、真義が印章を失くしていることは知っている。皇帝への親書は期日こそ定められてはいないが、いずれ送らねばならない。決して長引かせていいようなものではない。黒の頭目である真義は印章を見つけられず、さぞかし焦っているだろう。

真義から黒の頭目の印章を奪ったのは、誰か。白の頭目の藤和であるなら驚きだが可能性がないわけではない。また、本土からやって来た薬屋の朱銀栄《しゅぎんえい》も怪しい。義英は、真義に愛想を尽かした家の者の仕業ではないかとさえ思っている。

しかし、このまま見つからないのも問題だ。領主が真義に揺さぶりをかけているうちに、印章を奪った者を見つけて、取り戻さねばならない。

「署名と捺印《なついん》は、東西の頭目が揃《そろ》ってからが良いかと存じます」

藤和が恭しく意見を述べた。領主が若い女性で、おまけに異国の血を引いていても構わないという態度に、義英は胸を撫《な》でおろす。

「そうだな。それで良い。今日のところは、董藤和と鄭真進に、薬屋の朱銀栄の人相書きを渡すとしよう。この者を見つけたら直ちに捕らえるのだ」

石秀が燈実の名を呼ぶと、燈実がすぐに奥に向かい、紙の束を抱いて戻って来た。厚みからして、百枚ほどある。皇帝への親書はこの燈実が持っていく予定になっている。

燈実は束を藤和と真進に渡した。

「……うん？　それは私の描いた似顔絵ではないな」

「いいえ。これはあくまでも劉紹季《りゅうしょうき》の意見を参考にして、アナスタシア様の描かれた絵に手を加えた物です」

「それなら、まぁ、良いのかな？」

アナスタシアが腕を組んで小首を傾《かし》げる。

「いったい、この者が何をしたのですか？」

藤和が問いかけると、アナスタシアが椅子に座りなおした。

「そやつは、領主の伴侶に納まりたい男に毒を渡して、その婚約者を仮死状態にさせ、大会に出場させた。サファイアの利益を得ようとした不届き者だ」

　アナスタシアが言い終わると同時に、

「領主様にお願いがあり、参上いたしました！」

　董楽和《がくわ》が政庁に駆け込んできた。

「楽和！　いまは大事な話をしておるのだ」

「親父殿もいるなら丁度良い。白の頭目が治安の維持を任されております島の西側で、『虎都《こと》酒楼《しゅろう》』の女主人が殺されました」

「なんだと？」

「女主人の死体は酒楼の材料置き場にある籠に押し込まれていました。死因は、頭部にひどい傷を負ったためと思われます。右手には、この翡翠《ひすい》の簪《かんざし》を握り締めておりました。酒楼は東西の中心地に近く、俺たちだけでは解決できそうにありませぬ。お役人がたにも調査に加わっていただくようお願いしてもよろしいでしょうか？」

　楽和が翡翠の簪を懐から取り出して、アナスタシアに渡した。

　義英は楽和と食事をした店を思い出した。ああいう場所で殺人事件が起きたのか。真進は、島は治安が良いと言っていたが、白の頭目が拐《かどわ》かされたり、アナスタシアの指輪が盗まれたり、婚約者に毒殺されかかる者がいたりと、この短い間で多くの事件を目の当たりにした。公になっていないだけで、見えていない犯罪は本土と同じように起きているのではないか。

　アナスタシアが「ふぅん」と翡翠の簪を楽和に返すと、そのままひょいと椅子から立ちあがる。

「それなら私が行くとしよう。黒の頭目は現れぬようだしな。楽和、まずは酒楼への案内を頼む。実際に現場を検《あらた》めたい。義英、そなたも来い」

「あ、ああ、俺はどこへでもついていくけど……」

　領主が直々に出歩いても良いものなのだろうか。義英はそっと石秀の様子を見た。

「アナスタシア様、あまり慣例にありませぬ」

　石秀の言葉に、アナスタシアが鼻を鳴らして笑った。

「私が法なのだろう？　ならば、私が動いたほうが捜査は早く進むぞ。慣例にあろうがなかろうが、この私が決めたのだから従え。ついでに、人相書きも持っていくぞ」

「……本日の読書の時間はいかがされますか？」

「屋敷の本はあらかた読み終えた。次の本土からの定期便に、私を惹き付ける一冊があるといいのだがな」

　挑発的な目で石秀を見上げる。本はアナスタシアにとって、なくてはならない嗜《し》好品《こうひん》だ。もし本が足りなければ文句を言うか、自分で買い付けに行くと言い出しかねない。島に留《とど》まってくれると信じたいが、一度本土に戻ったら、書肆《しょし》に入り浸って当分島に帰ってくるとも思えない。

アナスタシアが命じたのならば、石秀は臣下として従わねばならない。何か言いたそうだったが、冷静な顔つきで、「承りました」と胸元で手を合わせた。

「それでは、女主人の件は息子に任せて私は戻ることにいたします。白市の民たち総出で薬屋の朱銀栄を捜しましょう」

藤和がアナスタシアに拝礼をした。次代に仕事を徐々に受け継がせていこうという配慮が感じられた。

「私もご一緒してよろしいですか？　虎都酒楼であれば、黒の民も利用する店です！」

真進が真剣な顔をして申し出た。義英は良いのではないかと思ったが、アナスタシアと楽和がどうするか見守った。

「構わぬぞ」

アナスタシアの言葉に楽和も頷《うなず》いた。

「店は街の中心地にあるからな。黒の民の協力が得られるのなら助かる」

義英は心強さを感じながら、アナスタシアとともに領主の馬車に乗り、先を行く楽和の馬車に続いて島の東に向かった。真進と燈実たち役人を乗せた馬車もついてくる。

酒楼は大通り沿いの市場にあった。大きな扁額《へんがく》がかけられており、『虎都酒楼』と書かれていた。外観から見て三階建てになっており、幅も広くて、大きい店だ。白い瓦屋根をしており、壁も白に塗られている。先に到着していた楽和が馬車を降りて待っている。アナスタシアに続いて、義英は夜風と真進と酒楼に入った。

「一階と二階は客席になっており、三階に酒楼の主人の部屋や、雑務で使う場所になっている。被害者はこの酒楼の女主人で、名は宋朱亞《そうしゅあ》。韮饅頭《にらまんじゅう》が有名で、店は繁盛しておりました。いつも夜遅くまで酒楼に残って仕事をしていたようです。見たところ、何者かと争った結果頭を打ったのでしょう。目撃者はいません」

酒楼には、客や使用人らしき者はいなかったが、白の頭目の配下と思《おぼ》しき男女が店内をせわしなく歩き回っていた。彼らは楽和に気づいて足を止め、彼の背後に続くアナスタシアの姿を見て一斉に目を剝《む》いた。領主が現れるとは思ってもみなかったのだろう。

「この男を知っている者はいないか？」

アナスタシアが懐から朱銀栄の人相書きを取り出したが、誰からも反応がない。アナスタシアが肩を竦《すく》めて、人相書きを折り畳んで仕舞った。

義英たちの背後から真進と燈実たちが入ってくる。ここからは、白の頭目の配下たちと合同捜査ということになる。

酒楼の天井からはたくさんの灯籠が吊《つ》るされていた。一階部分にある客席の間をすり抜けながら楽和が厨房《ちゅうぼう》を通り、材料置き場へと案内した。

「この籠の中からみつかったのか？」

アナスタシアが材料置き場の片隅にぽつんと置かれた大きな籐《とう》の籠を指さした。

「はい。第一発見者は、使用人の女性でした。出勤してきた者たちと一緒に、我が家に駆け込んでまいりました。犯行は夜中のようでしたから、忍び込みやすかったでしょうな。それでは、殺害現場と思しき場所に向かいましょう」

楽和が三階に上がった。義英たちも後に続く。

楽和が案内したのは、酒楼の主の部屋だった。奥には飾り窓が二つあり、両側の壁には書棚が作られている。中央には卓があり、筆と硯《すずり》、書きかけの書類と時計が置かれている。奥の壁には画が飾られており、夫婦と娘が描かれていた。

夜風が鳴いて、卓の側に向かった。真進が夜風を軽やかに追いかけた。右手は尻に、左手は胸にあてて、一気に抱きかかえる。

「ここは遊び場ではないのだよ」

困った顔をして真進が夜風を義英に渡した。真進は猫の扱いに慣れている。飼っていた経験でもあるのだろうか。義英は夜風を真進に向けて微笑んだ。

「夜風という。捜査の邪魔はさせないと誓うので気にしないでほしい」

「ああー、夜風ちゃんは私と一緒にいるのだ！　心配はいらぬ、この私が保証する！　それで、朱亜が頭をぶつけたのはここだな！」

アナスタシアが『私』を強調しながら、卓の角を指さした。確かに、血痕が残っている。けれど、部屋が荒らされた様子はない。犯人は三階のこの場所から、一階の材料置き場まで死体を運んでいったのか。その姿を誰にも見られていないからには、朱亜が一人で夜遅くまで残っていたのだろう。

夜風を抱いたまま、義英も卓に近づいた。夜風が腕の中に納まったまま、血痕を嗅ぐ仕草をした。何か感じとっただろうか。義英は夜風を抱えなおして、視線を合せた。

「夜風ちゃん！　私にも、だ、抱かせてはくれないだろうか？」

アナスタシアが夜風を見つめて、いつものようにじりじりと迫る。必死な様子に、夜風は全身の毛を逆立たせた。

止める間もなく義英の腕から夜風が飛び出した。一目散に逃げる黒い背中を見て、アナスタシアが切なげな声を上げて肩を落とした。義英はなんだか哀れにも思えてきたが、今は二人の間を取り持っている場合ではない。

「朱亜の人柄を使用人などに聞いたのだろう。殺されるような覚えは？」

義英が楽和に問いかけると、それはないと首を振られた。

「素晴らしい人だったと、誰もが話してくれたぞ」

「まぁ、死んだ者のことを、悪くは言いたがらないものだからな」

アナスタシアが腰に手をあてて、ばっさりと断言した。

「宋朱亞の家は調べたのか。結婚した女が殺された時は、たいてい犯人は夫であるぞ」

「今、配下の者たちを向かわせています。夫の林浩宇《りんこうう》と話をしているはずです」

「じゃあ、私たちも行こう。犯行時刻にどこにいたのか聞きたいし、夫がどんな人物であるかこの目で確かめたい。案内してくれ」

アナスタシアが意気揚々と部屋を出て行った。

「なぁ、義英よ。アナスタシア様は本気で、ご自身で捜査をする気なのか？」

「そうみたいだね」

義英たちは、アナスタシアの後を追った。

## 2

宋朱亞の家は、市場から離れた静かな西の居住区にあった。馬車から降りる時に、義英はアナスタシアに呼びかけた。

「アナスタシア。皇帝に親書を送るんだよな。領主に就任したって」

「石秀がせっつくからな。私がこの島の領主であることを内だけではなく外にも知らしめねばならぬそうだ」

「ということは、いよいよこの島の領主になると決心したんだな？」

「ふむ。おぬしはそう考えるか」

義英は胸が締め付けられるような苦しさに、顔をしかめた。

「どういう意味だよ」

義英の問いかけにアナスタシアが「さあ？」と笑った。

「楽和が待ってるぞ」

答えはもらえなかった。アナスタシアの中でも、まだ決めていないのだろうか。義英は落ちつかない心地でアナスタシアとともに、楽和の側に向かった。

楽和は家の門前に立っていた。アナスタシアが側に来ると、「こっちです」と家の中に入っていった。

「若君！　いらしてくださったのですね」

居間で待っていると、林浩宇と思しき男が出てきた。髪に白いものが混じり、腹が少し出ている。体を鍛えてはいなさそうだ。それでも、三階から一階まで、死んだ女性を引きずって運ぶことくらいはできただろうし、酒楼にいても妻の店だから誰も気に留めなかったはずだ。

「そなたが林浩宇殿か。今回、領主様が捜査に協力してくださることになった。直接そなたから話を聞きたいとおっしゃるので案内した。よろしく頼む」

浩宇がアナスタシアに気づいて、驚いた顔をした。だが黙ってアナスタシアに拝礼してから、額に手をあてた。

楽和が懐から翡翠の簪を取り出した。

「そなたの妻が持っていた簪だ。見覚えはあるか？」

「はい。あります。妻の物に間違いありません」

楽和が頷いてから、簪を懐にしまった。

「これは事件の証拠だ。預からせてもらう。事件が解決したら、必ず返すと約束する」

「わかりました。……一体、誰が妻を殺したのでしょう。妻は誰からも好かれておりました。恨みを買うようなことなどなかったはずです。かわいそうに、一人娘はすっかり動転してしまいまして、寝こんでおります」

「妻との仲は？」

アナスタシアの問いかけに、浩宇はきっぱりと断言した。

「朱亞とは鴛鴦《えんおう》の契《ちぎ》りを誓った仲です。これまで喧嘩《けんか》一つしたこともありません。私にはもったいないくらいできた妻でした……」

「昨晩はどこにいたのだ？」

「友と別の酒楼で遅くまで飲んでおりました」

「それは確かです。その友人に調べをとっています」

白の頭目の部下がアナスタシアに報告した。

「この人相書きの男に見覚えはないか？」

アナスタシアが迫るが、浩宇は首を振った。

「辮髪《べんぱつ》からして本土の人間ですね。店でも見かけた覚えはないです」

「そうか……」

「お役に立てず申し訳ありません」

義英は夜風を見つめた。なあ、と小さく一声鳴いた。家の様子を調べたがっているのだ。

断りを入れ、義英は夜風とともに家の中を歩いた。小さな中庭を抜け、居間や書斎を巡り歩く。白の頭目の配下や燈実たち役人も、それぞれ家の中を確かめている。

夫婦の寝室に来た時に、尾を大きく振りながら声を上げた。

――おかしい。

「どうした？」

義英の問いかけに、夜風が走り出した。

夜風は客室の扉の前で止まり、軽く扉を押した。開けろという意味だ。

義英は扉を開けて、夜風を客室に入れた。寝台の大きさは一人用だ。使った形跡がある。側の小さな机には、男性の衣類なども置いてあった。

昨夜、誰かが泊まった話は聞いていない。それにこの様子は昨日今日という話ではなく、明らかに日々の生活臭が漂っている。

「夫の物かい？」

夜風が満足げに鳴いた。匂いから、浩宇の衣類で間違いがないと確信を得ているのだろう。それでは、浩宇はわざわざ客室で眠っていたのだ。夫婦なのに寝室をともにしてなかったのか。夫婦仲を強調していたのに不思議だ。

浩宇は、嘘《うそ》をついているかもしれないな。

義英はさっそくアナスタシアに報告しようと、扉を出て、居間に戻ろうとした。

「あなた、『王《おう》義英』ね。武術大会で優勝していた」

途中で、声をかけられた。

黒髪を結い上げて簪で飾り、桃色の絹に睡蓮《すいれん》の刺繍《ししゅう》をした袍を纏った、十代後半の少女がいた。泣きはらしたのか、目は充血しており、腫れぼったくなっていた。

「君は？　いや、まってくれ、見覚えがある」

義英はこの島に来てから出会った人の顔を思い浮かべた。

「そう。私たち、一度会ってる」

腕を組んで、少女が微笑んだ。優しい声だ。義英は思い出した。

「楽和兄さんの家で、妹さんの側にいたね。たしか名は、鈴玲《りんれい》殿だ。そうか……お悔やみ申し上げる。寝こんでいると聞いたけれど……」

「家が騒がしくて休むどころではないわ。でもいいのよ、もうすぐ待ち人も来るはずだから」

鈴玲が肩を竦めた。確かに、家の中は色々な声が飛び交っていて騒がしい。

「待ち人って？」

「私の恋人よ。心配して来てくれるはず。愛佳《あいか》も来てくれたのよ、今こんな状態だから長居できずにもう帰ったけれど」

「そうか、恋人がいるのか」

武術大会の時に捕らえた、婚約者を毒殺しようとした劉紹季の顔が浮かんだ。事件とは関係ないと良いがと、義英は思った。

「結婚式を見せてあげたかったな。母は良い青年ねと、すごく喜んでくれていたから……」

涙が鈴玲の頬を伝ったので、義英は慌てた。泣かないでくれと言いたいが、泣きたい気持ちの時は思う存分泣いたらいいのもわかっている。

義英も、先代の彗星王が病で亡くなった時は、呆然《ぼうぜん》としたのち泣き続けたものだ。ましてや鈴玲の母は病ではなく、殺されたのだ。

この事件を解決したいと義英は思った。そうでなければ鈴玲はきっと泣き止むことはないだろう。

「アナスタシア様が捜査に協力する。俺も全力を尽くすよ。このままでは、母君が浮かばれない。必ず、母君を死なせた原因を見つけてみせるから」

「……ありがとう。悲しみに囚《とら》われてはいけないと、わかっているのだけれどね」

鈴玲が泣き笑いを浮かべた。

「無理して笑わなくていいから」

義英はそう告げると、夜風とともにアナスタシアのいる居間に戻った。アナスタシアたちに夫婦仲が悪かったかもしれないと告げようとしたが、先に「出るぞ」とアナスタシアに言われた。

アナスタシアは屋敷の外に出て、腕を組んだ。

「俺は、浩宇殿は犯人ではないと思っています。妻が酒楼の主となり稼ぎ、夫は働かずに店に現れたりはしていました。夫はもっぱら客と話したりして帰っていくような関係でしたが、うまくいっていたようです。浩宇殿の性格を知る者は、妻殺しなどする男ではないと言っていたようですし、朝まで飲んでいたのはうちの者が確認済みでした……。アナスタシア様、次はどこに参られますか？」

　楽和の問いかけに、アナスタシアがにやりと笑った。

「さっきから、ずっとちらちらとこちらを覗《のぞ》き見している婦人がいるな」

　アナスタシアの視線の先を見ると、中年の女性がひょいっとむかいの門前から首を引っこめた。あからさまに集まってきている近隣の男たちと同じく、野次馬のひとりだろう。

「近隣の住民に聞き込みはしたのか？」

「いえ、それは……してないようです」

　楽和が配下に確かめてから、申し訳なさそうに首を振る。アナスタシアが「気にしなくていい」と笑った。

「義英よ。本土であろうと天神島であろうと、庶民の楽しみと言えばなんだと思う？」

　突然の問いかけに、義英は思わず、

「賭けごとだろうか？」

と、アナスタシアと黒楼賭《こくろうと》坊《ぼう》を思い浮かべた。

アナスタシアが目を細めてから、喉を鳴らした。

「それもあるが金がかかる。一番はな、噂話《うわさばなし》だよ」

アナスタシアはすたすたと歩いて、婦人に声をかけた。

「少し話をさせてくれないか？」

義英たちはアナスタシアを追った。長身で碧眼《へきがん》の、領主であるアナスタシアに迫られて、婦人が身を縮めた。

「領主様！　そんな、話すことなんて。……余計なことは言いたくないです」

婦人は拝礼をして、さらに恐縮した。

アナスタシアが小声でこっそりと告げた。

「礼ははずむぞ」

婦人がちらっとアナスタシアを上目遣いで見上げた。

「……話を聞いてくださいます？」

「もちろんだ」

アナスタシアがにやりと笑った。

金が欲しいというよりは言いたくてうずうずしていたという感じだった。アナスタシアは人の心をくすぐるのがうまいなと義英は思った。

アナスタシアに続いて、義英たちは婦人の家に入った。婦人は六十代前半で、使用人は数名いるが、家族はなく、ひとり暮らしのようだった。

義英たちは客間に通された。

「朱亞はとても素敵な人でした。けれど、浮気をしていたと思うんです。商家を営む男性が、浩宇のいない時に限って何度も訪れていたんです！」

義英と夜風は目を合わせた。アナスタシアたちは、夫婦仲が良かったと思っているかもしれないが、義英と夜風の考えは真逆だ。ありえる、と思った。

「商家の男か……何者かわかるか？」

アナスタシアがさらに追及すると、婦人は嬉々《きき》として話を続けた。

「ええ、最近白市に支店を出した黒市の商人ですよ。まめに店を見て回っているようで、顔を見たことがあります。いい男だと評判ですよ！　名は、周子墨《しゅうしぼく》です！」

婦人が興奮して頰を染めた。

「アナスタシア様、俺は、周子墨の名には覚えがあります。先代領主の死後、色々な者が我が家を訪ねてきました。白の頭目が領主になった暁には、サファイアの採掘量を増やして、大規模な取引がしたいと、親父殿への口添えを頼む者が大勢いたのです。そのうちの一人が、周子墨という名の男でした」

楽和の言葉に、真進が驚きの声を上げた。

「まさか、楽和兄さんの所にも周子墨が来ていたとは！」

「おまえも声をかけられたのか？」

「はい。黒の頭目が領主になった暁には、本土と商売をしないかと言われました」

真進の真剣な顔に、楽和が渋い顔をした。

「断ったのだろう？」

「もちろんです」

「そうか。野心家なわけだな。ちなみに、この人物に心当たりはないか？」

アナスタシアが人相書きを婦人に見せた。

「ちょっとわかりません」

「見かけたら領主の屋敷に知らせてくれ」

義英たちが家を出ると、役人と、白の頭目の配下たちが待ち構えていた。

「何かわかりましたか？」

「周子墨を調べるぞ。浮気相手かもしれぬ」

アナスタシアがにやりと笑った。

「しかし、アナスタシア様、夫婦仲は良いはずです」

真進の言葉に、義英は今だと思って声を上げた。

「それに関しては疑問がある。客室に男性の衣服が置いてあった。浩宇殿の物だろう。夫婦は一緒の寝室で寝ていなかったんじゃないかな。浩宇殿は、愛があったと言っていたけれど、本当は関係がぎくしゃくしていたのかもしれない」

## 3

義英たちは馬車に乗り、林家からまっすぐに子墨の営む商家を訪れた。本店は黒市にあった。港に近い場所だ。領主が直々に現れたとあって、使用人たちは慌てていた。

店内には、装飾品や沢山の布地が置かれていた。義英たちが客間に通されて間もなく、子墨が現れた。

年齢は四十代前半だろう。髪は黒い垂髪で、眉の形もしっかりしており、鼻筋が通っている。微笑みを浮かべた唇は品が良い。婦人の言った通り、人目を惹き付ける容姿だ。布地を扱っているためか、袍も質が良く、繊細な刺繍も施されている。

「お久しぶりですな、子墨殿」

楽和が言うと、真進も告げた。

「このような形で再びお目にかかるとは思っておりませんでした」

楽和と真進が並んでいる姿を眺めて、子墨が目を細めた。

「お二人が揃って、領主様とお越しになるとは、いったい何があったのでしょう？　領主様がお望みとあれば、西域の織物も取り寄せますよ」

「ご存じではありませんか？　宋朱亜殿が昨夜亡くなりました」

楽和の言葉に子墨が俯《うつむ》きながら切々と訴えた。

「ああ、その話でしたら聞いております。あんないい人が何故……朱亜は私の年上の幼馴染《おさななじみ》でした。私が商家を受け継いでからは、何かと忠告をしてくれたり、協力をしてくれた。白市に支店を出す際には、ご婦人方の需要もよく相談していたのです。朱亜は優しかった」

「ほかにも、優しいところがあったのでは？」

アナスタシアの指摘に子墨が視線を上げる。

「どういう意味ですか？」

アナスタシアは平然とした顔をして続けた。

「男女の関係だったかと聞いている」

「あ、ありません！」

子墨が首を振る。焦った様子だ。義英の中で疑惑が膨らんだ。

「責めているわけではないのです」

真進が優しく伝える。確かに不貞行為は望ましくない。けれど、今はどのような関係だったのかを知る必要がある。

「そうだ。男女の関係だったのか？」

アナスタシアがさらに追及すると、子墨が一度唇をきゅっと引き結んだ。

「ありません」

「けれど、朱亞殿の隣人は、そうは思っていない。浩宇殿がいない時に、よく家に出入りしていたそうだな？」

楽和が目を鋭くさせて問う。

「領主様、浩宇殿がいる時だって家に伺っておりました。私は本当によく、彼らに会いに行っていたのです」

「昨夜はどこにいましたか？」

真進が丁寧な口調だが、言い逃れはさせないというような気迫さで問いかけた。

「友人の家に夕餉《ゆうげ》に招かれていました」

子墨からその友人の名を『唐宇《とうう》航《こう》』だと聞き出すと、すぐに役人と、楽和についてきた配下の者たちが出ていった。

「わかった。また話を聞きに来るかもしれない。では最後に、この人相書きに覚えはあるか？」

アナスタシアが差し出した人相書きを見て、子墨は小首を傾げた。

「……何者ですか？」

「知らぬならよい」

アナスタシアが感情を読ませぬ顔で、人相書きを懐にしまった。

義英たちはアナスタシアを先頭にして、子墨の邸宅を出た。

「ああ、もう日が高くなっている。腹が減ったな。何か食べよう」

アナスタシアが腹を押さえる。義英も頷いた。

「兄さんたち、どこか店は知っているかい？」

「虎都酒楼も良い店だったのだがな。島の中心地にあるから東西の民だけでなく、本土からの旅人もよく訪れていた。評判がとてもよかったんだ」

こんなことになってしまってと、楽和が難しい顔をした。経営は夫である浩宇か、それとも娘の鈴玲が受け継ぐのだろうか。次の主が決まらなければ、料理人と使用人も困るだろう。

「それでは、黒市にある店を紹介しましょう。亀都《きと》酒楼《しゅろう》という旨い卵湯を出す店があります。

楽和兄さんも久しぶりでしょう？」

「おまえと一緒じゃないと入りにくいからな」

「昔は、東西など気にせず、お互いに島中を走り回っていましたのに」

「俺が東の店に入り浸っているとなったら、……とくに、領主様が戻られる前は、一触即発の雰囲気だったのだ。東の街に西の頭目の息子が気軽に顔を出すわけにはいかなかった」

「お互いに話をする機会にも恵まれませんでしたからね。以前の私は、疑心暗鬼に囚われておりました。父は頼りになりません。もし、間違って領主になってしまったら、この島に未来はないと考えていたのです」

「今は違うようで良かった。こうして皆で食事を一緒にすることができる」

義英が微笑むと、楽和も穏やかな顔でアナスタシアに視線を向けた。

「アナスタシア様のおかげだ」

「私は、為すべきことをしておるだけだ」

アナスタシアがふっと笑った。

真進が「いいえ」と真剣な顔になった。

「天神祭り、天神廟《てんじんびょう》での幼子への寿《ことは》ぎ、武術大会を無事に成功させて、毎日領主としての務めも果たされていると聞いています。本当に、もっと早く帰って来ていただきたかった」

切々とした物言いに、先代領主の喪中の三年間に、真進がどれだけ思い悩んできたのかが伝わってきた。

義英は領主の屋敷の方角を見た。

「それじゃあ、石秀殿に感謝せねばならないな」

アナスタシアを見つけたのは石秀だ。囲碁に勝ったのも、毎日の仕事をしろと迫っているのもあの男だ。石秀は島の融和を望んでいる。

「あの男も、島のことを考えている人物ですからね。帰ってきてくれて安堵《あんど》しております」

今この場には、島の平和な未来を考えている者しかいない。義英にはそれが嬉《うれ》しかった。

真進は義英たちを市場にある亀都酒楼に案内した。二階に個室が用意されていた。皆が席に座るとほぼ同時に、卵湯、大根餅、豚肉の醤油炒《しょうゆいた》め、蒸した蟹《かに》が出てきた。しかし、夜風が食べられる物がない。義英が言おうとした時、先んじてアナスタシアが夜風の前に座った。

夜風がばっと飛び退く。

「夜風ちゃんにも何か食べるものを用意してくれ。刻んだ鶏肉でいいかな？」

アナスタシアが小首を傾げながら、「夜風ちゃん、夜風ちゃん」と情熱的に手招いている。

夜風がめずらしくアナスタシアを真っ直ぐ見て鳴いた。

——それでよい！

義英は頷くと、真進を見やった。

「すぐに用意させます」

真進がにこやかに微笑んだ。

「夜風ちゃんは、私の膝に乗って良いのだぞ？」

アナスタシアが席について、太ももを軽く叩《たた》く。夜風はするりと義英の膝の上に乗った。

あからさまにがっかりした顔をするので、さすがに義英の胸も少しいたんだ。夜風に、アナスタシアと少し仲良くしてくれと言ったほうがいいのだろうか。だが、夜風の気持ちも無視したくない。そっとしておいてくれれば、夜風も段々と警戒を解いていくだろうに。アナスタシアはいつも興奮して前のめりで夜風に向き合うから逃げられるのだ。

アナスタシアが卵湯の入った碗《わん》に口をつけたので、義英たちも食事を始めた。アナスタシアの食べかたは独特だ。気がついたら、するすると大量に料理が消えている。真進のほうは、ゆっくりと味わって食べる。しかも、見ていて美しい所作だ。

今日の楽和は、真進と同じく、落ちついた食べかたをしている。

こんな時は、感謝しかないな。

義英は先代の彗星王を思い浮かべた。出会ってすぐに、先代の彗星王から作法をひと通り学んだ。地元の民と交流する時などは、その人たちに合わせて食べるように忠告されていた。

だから、真進と楽和をまねて、上品に見えるように豚肉を箸で摘まんだ。ぱくりと口に含むと、豚肉の良質な脂と醤油の濃厚な味わいが広がった。義英は「美味い」と思わず呟《つぶや》いた。義英もアナスタシアと同じく、もくもくと食事を口に運んだ。店の使用人が、夜風の食事を運んできた。

「追加、しましょうか」

真進がどこか楽しそうに使用人に声をかけた。その時、役人が急ぎ足で部屋に入ってきた。

「領主様にご報告いたします。唐宇航に確認が取れました。夕餉を一緒にとったのは間違いありません」

「……これで、また疑わしき者がいなくなったわけか」

アナスタシアが箸を置いた。義英と楽和と真進も食事をやめた。

「もう一度、酒楼に戻るか。周子墨との関わりも気になる。朱亞の仕事部屋をもう少し丹念に探ってみよう」

義英たちと夜風は再び亀都酒楼にある朱亞の仕事部屋に向かった。見たところ、先程と変わらない様子だ。アナスタシアが顎に手をあてている。

義英はまっすぐに卓を調べ始めた。卓の縁を指で触れ、下に潜って板を押した。

「何を……やってるんだ？」

楽和の問いかけに、義英は寝ころんだまま答えた。

「動機を考えてみようと思って」

「動機？」

「偶然だったのか、最初から殺すつもりだったのか……女主人を殺した動機だよ」

今のところ容疑者が誰かはわからない。ならば動機から探ってみるのはどうだろうか。

虎都酒楼はこの街でも特に繁盛していたという。であれば金の出入りも大きかったはずだ。

金は容易《たやす》く人を殺す根拠になる。

「もしかしたらここに、隠し収納があるんじゃないかと思って」

大きな店にありがちなものの一つが複数の帳簿だ。それらは当然人目につかないところに保管されている。床下であったり、天井裏であったり、隠し戸棚であったりする。

「なるほど。さすがだな義英、拳だけでなく頭までまわるとは！」

楽和の唸《うな》り声に義英は複雑な気持ちになった。今まで忍び込んだ書斎には隠し収納がたくさんあったから、などとはとても言えない。

義英は次に椅子に腰かけて、抽斗《ひきだし》を一つずつ引っ張り出し、中身を机の上に置いていく。

これだな。見た目の深さと、中の深さが違っている。

抽斗をひっくり返すと、薄い板が外れ、奥から帳簿が出てきた。

「何だこれは」

　アナスタシアは手に取った帳簿を捲《めく》った。

「何だって、隠し帳簿じゃないのか。店の裏金を作りだすための」

「金のことは一文字も書かれてはおらぬぞ」

「え？」

「名前ばかりだ。どうだ、そなたにはこの意味がわかるか？」

　アナスタシアが楽和に帳簿を渡した。

「……たぶん、これは……。本土から来て、そのまま定住して、今は島民となった者の名が記されております」

「石秀にも調べさせよう。一度屋敷に戻るとするか」

　日暮れが近い。義英はアナスタシアと夜風とともに馬車に乗り込み、楽和と真進に「また明日」と別れを告げた。

　アナスタシアは屋敷に到着すると石秀の名を呼んだ。

　石秀はすぐに現れて、帳簿を受け取った。

「すぐに内容を調べます。それまで、アナスタシア様はお休みください」

　義英はアナスタシアともう少し事件の話がしたかったが、石秀に呼び止められた。

「義英殿に客人がお越しですよ。客室にお通ししております」

「俺に？」

「急がれたほうが良いかと思います」

　石秀がそう言うのなら、従うべきだろう。義英は小走りで客室に向かった。

　客室で待っていたのは鈴玲と見知らぬ青年だった。青年は、薄緑の袍を纏っており、黒い瞳に髪をしていた。髪は辮髪だ。鈴玲の肩を抱いて、崩れ落ちそうなところを支えていた。

「鈴玲殿。何かあったのか？　お連れの人は？」

「……力を尽くしてくれると言ったわね。今のままでは、母は浮かばれないとも」

「ああ、言った」

　鈴玲は息を大きく吸い込んでから、はぁと吐き出した。強い意志の感じられる瞳で義英を見た。

「この人は、私の恋人よ。それで、あの……、母のことなの。母は、皆が思っているような人じゃない」

「どういうことだい？」

　鈴玲がぐっと拳を握った。

「さっきはああ言ったけど、実は母から結婚を反対されたの。付き合うのは構わないけれど、結婚は島の男でなければならないって。母は……本土から送り込まれた間者なの」

「なんだって？」

突然の言葉に義英は戸惑った。本土は天神島を放置しておくつもりはないようだ。

鈴玲が瞳を潤ませた。見ている義英の胸が痛くなる切ない表情だ。

「驚くでしょう？　父も間者よ。私の両親は皇帝の命令で夫婦になり、天神島生まれの子供を作ったの。それが私。私に、酒楼を継がせ、天神島の事情を本土に伝えること、本土に有利になるための話を島に流布すること、本土の協力者を島内に作ることを命じたの。私、それを母の仕事部屋で初めて聞かされて、嫌だと言ったわ。領主様に全部ぶちまけるって。そしたら……」

「どうしたんだ？」

嫌な予感がしたが、聞かないわけにもいかなかった。

「手首を摑《つか》まれたの。怖くなって思わず突き飛ばしてしまった。卓に母の頭がぶつかって、動かなくなっちゃって……。そこに、どこからか周子墨様がやってきて、あとは何とかするから、逃げなさいと言われて……」

鈴玲が泣き始めた。義英は話された内容と、鈴玲の哀れな姿に、ひどく混乱した。

これはただの殺人事件ではない。本土と天神島との勢力争いが根底にある。

酒楼であれば、多くの人が集まる。旨《うま》い酒と料理は人の口を容易く緩ませる。彼らは心地よく色々なことを語り合うのだ。例えばこの島にいる人物、領主や頭目の話などだ。

それ以外にもこの島の男たちの強さや城壁の頑強さ、島民たちを養う食料の生産高、あとは天神島を守る海流の読み方など、本土側が知りたい報告そのものでなくても、端々は卓の上に散りばめられていたはずだ。愛想のいい給仕たちがそれらを集め、調べ上げて本土へ届ける。

他にも本土からの話を流すこともできる。今の領主が果たして信頼できるのか。東西の頭目の忠義は本物なのか。都合のいい偽りを語って、最後に本土との融和をちらつかせる。領主たちに従うより皇帝と手を結んだほうが、島はきっと豊かになるなどと話を作る。

話に乗ろうとする島民が現れれば言うことはない。手足として使えばいい。

義英はアナスタシアの背負ったものの大きさを改めて実感した。義英の理想でアナスタシアを島に留まらせようとしているが、それはアナスタシアにとって危険極まりないことでもあるのだ。

だが、やはり、アナスタシアは領主として選ばれた人である。才覚もあるように感じる。アナスタシアは領主として相応《ふさわ》しいという、その思いは変わらない。ならば自分は、アナスタシアを何としても守り通さねばならない。

「相談されたので、領主様にお伝えするべきだと僕が言ったのです。そうしたら、まずは言葉を交わしたことのある貴殿に話したいと」

婚約者の青年が鈴玲の隣に座り込んだ。青年もなんだか泣きそうだ。目を潤ませた二人に見上げられて、義英はどうするべきなのかと悩んだ。

父親が間者であるなら父親を捕らえねばならないし、このままでは鈴玲は殺人犯として裁かれる。けれど、鈴玲に殺意などなく、運が悪かったとしか言いようがない。母親が死んで、鈴玲は心から悲しんでいるのだ。

「アナスタシア様に俺から話をする。二人もついてきてくれ」

義英は二人の肩に手を置いた。アナスタシアの居室の方角を見つめてから、本土の方角を睨んだ。

4

書斎で、義英から話を聞いたアナスタシアは、一言「なるほど」と呟いた。

「最初は冗談だと思っていました」

鈴玲が泣きながら話した。

「母には、私が間者夫婦の子供であることは黙っていなさいと言われました。家族のために、そうしなきゃ危ないと」

「脅されたのか」

義英の言葉に、アナスタシアが唇に指をあてて思案顔になった。

「脅しではない、忠告だ。島民育ちならば、領主の屋敷の女官になれる。島の男と結婚して子供が男子ならば、役人にさせることもできるな。領主の側近になって、操ることもできる」

間者を送り込むことによって、本土は島の情勢を探り、政《まつりごと》に近づいて操ることを目的としているのか。義英は、何年も先を見据えた本土のやりかたに舌を巻いた。

「そんなことに興味はありません。私はこの人と結ばれたいだけ！　まだ出会って間もないけれどこんなに愛せる人はいない。私たち、幸せな家庭を築けると思っていたのに……」

「鈴玲殿をなんとかして救えないだろうか？」

義英は、自分の背後ですすり泣く鈴玲を、殺人者にしたくないと思った。だが、アナスタシアは頷かなかった。

「法や運命には逆らえない」

「領主ならば変えられるだろ」

「私は変えぬ。罪は正当に裁かれるべきだ」

「お願いだ、アナスタシア様、なんとかしてくれ！」

義英が頼み込むと、アナスタシアが眉間に皺《しわ》を寄せた。

「石秀に、宋朱亞の検死の報告書を持ってこさせよ。夫の林浩宇は、間者である以上、密《ひそ》かに捕らえて私のところまで連れてくるように言え。周子墨も間者の可能性が高い。同じようにせよ。東西の頭目の息子たちに近づいたと聞いた時点で、もっと怪しむべきだったな」

「わ、わかった」

義英は夜風とともに、アナスタシアの部屋を飛び出して、石秀を探した。

石秀は義英の話を聞くと、すぐに検死の報告書を用意することと、林浩宇と周子墨を捕らえるよう役人に命じた。

「ちょうど朱亞が頭を打った時に現れるとは、初めから事の成りゆきを隣室かどこかで窺《うかが》っていたのかもしれませんね。母殺しの罪を隠蔽することで、娘を操ろうと考えたのかも。とにかく、本人に確かめねば」

「なぁ、この島では、ひとり殺すとどんな罪を負うんだ？」

「本土と同じく、絞首刑です。親であるのなら確実に死罪ですね。アナスタシア様の恩赦があれば、一級減じて流刑になるかもしれません」

「そんな……わざとじゃないんだぞ……」

「しかし、実際に母親が娘の手によって死んだわけですからね。アナスタシア様が法を守られる領主で良かったとさえ私は思っております」

義英は何を言えばいいかわからなくなった。確かに、罪は罪だ。しかし、義英もまた、義賊として盗みを働いてきた罪人だ。義英が裁かれなくて、偶然にも母を手にかけてしまった娘が絞首刑とは、なんだか納得いかなかった。

義英は政庁に向かった。どうすれば皆が救われるのかと考えた。だが、何も思いつかない。しばらくすると、浩宇が役人に連れられて政庁に現れた。役人に促されて床に正座する。アナスタシアと石秀もやって来た。

アナスタシアが椅子に腰かけた。歪《いびつ》な笑みを浮かべている。

「なかなかやるな。すっかりだまされた。喋《しゃべ》りかたに、髪形、どこから見ても島民だけれど、もとは本土からやって来たのだな。林浩宇は本土から来た客と話して報告しあう。周子墨のほうは、商家であれば、月に一度の定期船を頻繁に利用しても不審ではない。うまくやってきたわけだ」

すらすらと語るアナスタシアだが、どこか憤りを感じさせる物言いだ。

「鈴玲が話したと聞きました。……そうです。夫婦となったほうが、仕事がやりやすいと、偽りの生活を二十年続けてきました。夫婦の間に愛はありませんでしたが、娘のことは愛しています。生まれた娘は間者ではありません。私は妻に、娘には自由に生きてほしいと伝えました。しかし、妻は皇帝への忠誠が揺らぐことはありませんでした。そこで、私は、領主様にすべてを話すと言いました。それで、妻と子墨は引き下がったのです」

浩宇が項垂《うなだ》れた。今さら言い逃れをする気はないのだろう。

「宋朱亞、林浩宇、周子墨、この三人の名は帳簿にも載っております。また、劉紹季の両親の名もありました」

石秀が言った。義英は紹季の名に、阿華《あか》の件はただの殺人未遂ではなかったのではないか、という疑問を抱いた。

「帳簿は、代々の間者から受け継いできたものです。しかし、子墨は本土の宰相から命を受けた密使であり、私たち島の間者は手駒にすぎません。私は妻を誰が殺したかは知りませんし、娘を守りたいだけなのです。娘は、領主様のところにいるのでしょうか？」

浩宇の訴えをアナスタシアは無視して、石秀に呼びかけた。

「この男を、牢《ろう》に入れておけ。周子墨も間者だ。まだ現れぬが何を手間取っておる！　出頭は領主の命令だぞ？」

「従わぬつもりなのでしょう。林浩宇の話から間者であると確信が持てましたが、先に行かせた者たちには確証がありません。のらりくらりと躱《かわ》されているかと」

「それなら、こちらから出向くまで。行くぞ！」

アナスタシアに従って、義英は再び馬車に乗った。太陽は西に傾いている。空はまだ水色だが、雲が朱色に染まり始めていた。帰路に着く人々の姿が見られる。

子墨の店の前には既に別の馬車が停《と》まっていた。門の前で立っていた真進が、アナスタシアたちに気づいて走ってきた。

「アナスタシア様にご報告いたします。周子墨は何者かによって殺されました」

「何故だ？　どうしてそなたがここにいる？」

アナスタシアが商家と真進を交互に見比べた。真進が拝礼をする。

「私はずっと子墨が怪しいと思っていたのです。商いの相談までしていた幼馴染が殺されたのにあまり悲しがっていなかったし、話しかたもあまりに定石すぎる。もう一度問い詰めたいと思ってここへ参りましたら、ちょうど役人たちがやってきたのです。一緒に中に踏み込んだ時には、既に死んでおりました」

真進の隣では役人たちが一斉に頷いている。どうやら話の通りらしい。

「死体はどこだ？」

アナスタシアが額を押さえてから真進に問いかけた。

「書斎です。見つけてから、まだ動かしておりません。ご覧になられますか？」

「もちろんだ」

子墨の書斎は店の奥にあった。正面に机が置かれ、両側の壁には棚がある。置き時計と本があり、馬に乗って疾走する女性の油絵が飾られていた。女性の髪色は金で、本土でも見かけない衣服を身につけていた。

子墨は書斎の中央にある絨毯《じゅうたん》の上に、青い顔をして倒れていた。瞳孔が開いている。義英が腕をとって手首に触れるが、脈はない。口元にはよだれの跡がある。何かで塞がれ、息を止められたのだろう。

「今すぐに、こやつの衣服を脱がせよ」

書斎に奇妙な沈黙が落ちた。義英は何を言っているんだと思ってアナスタシアを見るが、横顔はいつもとは違って、真面目な顔をしていた。

「確かめたいことがあるのだ。早くしろ」

アナスタシアが促すと、役人たちが子墨の服を脱がせにかかった。

「何が知りたいんだ？」

義英の問いかけに、アナスタシアが腕を組んだ。

「検死の報告書を読んだ。朱亜は、頭以外にも右手が折れていると記されていた」

「そうなのか？　鈴玲は母の殺しを告白したけど、殴られていたらそのことも言うはずだ」

「ああ、その通りだ。朱亜は娘に突き飛ばされて頭を打ったが、気絶していただけだったのだろう。その後で、息の根を止めた人物がいる。気づいた朱亜は手の骨を折るほどに抵抗した」

　全裸になった子墨の姿を眺めて、アナスタシアが目を細めた。襟で隠れていた部分に、鋭い角度で赤い傷が走っている。肩口には何かが刺さったらしい跡が赤く盛り上がっていた。

「簪でやられたのだな……。朱亜は娘の抵抗にあって頭をぶつけた後も、まだ生きていた。簪で戦った。だが、殺されてしまった」

「それが、今、楽和兄さんが持っている翡翠の簪か」

「島民であり未来がある娘をとるか、母をとるかで考えて、母を殺して罪悪感で娘を支配しようと企《たくら》んだのだろう」

「反吐《へど》が出る選択だな。俺は書斎を調べてみるよ。まだ隠していることがあるかもしれない」

「私も探しましょう」

　真進が申し出た。美しい顔に、張り詰めたものが感じられる。断ることはできないなと、義英は頷いた。

　義英は役人に頼んで、遺体を運び出してもらった。先ずは絨毯の下に隠し部屋の入口などがないか調べる。真進とアナスタシアは戸棚のほうを調べている。もっとも、調べ方は極めて甘い。二人とも義英のような人生を送っていないのだから当然と言えば当然だ。あとで調べなおしたほうが良いだろう。

「しかし、誰が子墨を殺したのだろう」

義英は床から立ち上がって、アナスタシアが雑な探しかたをした戸棚を丹念に調べた。

「島の者ではないでしょう。たとえ間者がいたとしても盗みや殺しができる者などおりません。天神島は、本来は平和なのです！」

真進が強く訴える。冷静なようでいて、その実とても情熱的な男なのだなと義英は親しみを覚えた。

「となると、本土からやって来た薬屋、朱銀栄がいちばん怪しいな。意見の相違でもあったのだろうか？」

義英の言葉にアナスタシアが顎に手をあてた。

「ここまでの騒ぎになったのだ、朱銀栄は明日の本土行きの船になんとしても乗ろうとするだろう。必ず捕縛してあらいざらいを吐いてもらわねばなるまい」

「うん、そうだな」

義英は頷きながら、真進が調べた書棚を押したり引いたりして見た。だが、何も起こらない。

朱亞と仲が良かったのなら、子墨も机に何か隠しているかもしれないと思ったが、先に真進が抽斗を調べている。義英は机の下に潜って、仕掛けがないかを確かめた。

「なんでこんなところに……？」

「どうした？」

動揺する真進に、アナスタシアが駆け寄ってきた。義英も身を起こす。真進が、上から三段目の抽斗を机の上に置いた。そこには、亀の文様が刻まれた印章が入れてあった。黒楼賭坊の地下で、黒の頭目である真義が使っていた物と同じだ。

「間違いなく黒の頭目の印章です！　周子墨が命じて、本土から船に潜んでいた朱銀栄に盗ませたのでしょう」

「その可能性はあると思う」

「印章が見つかったと真義に伝えてやるか。真進、頼めるか？」

アナスタシアの言葉に、義英は急いで声をかけた。

「待ってくれ！　印章を返して欲しくば相応の態度で領主の屋敷まで来るようにと、黒の頭目に伝えてほしい」

義英の言葉にアナスタシアは「義英？」と首を傾げ、真進は「それが良いです！」と同調の声を上げた。

「あの父に印章を単に返すだけでは今と何も変わりません！　もっと失態を反省させ、黒の頭目は領主と民のために存在するのだという自覚を促さなければ！」

「ああ、わかった」

熱意のこもった言葉に、アナスタシアがふっと微笑んだ。

「ではそなたらの言う通りにしよう。領主じきじきに印章を戻せば、少しは殊勝な態度にもなろう。真進、さっそくそなたの父に、屋敷まで来るように伝えよ。藤和にはこちらから使いを出す」

「そのような縛りだけでは緩いのではありませんか？」

真進はどこか不満げだが、東西の頭目とは義英が文書で、領主として認められれば忠誠を誓うと密契を交わしている。今回はその誓いを立ててもらう絶好の機会だ。そう説明できないのは歯がゆいが仕方ない。

「大丈夫だよ、真進兄さん。この機会を逃せば印章が返ってこないんだ、黒の頭目はきっと膝を折る」

「真義には、領主から印章を返されるのがどういう意味かわかっているだろうな？　とでも伝えておけ」

「……承りました」

　真進が心配そうに書斎を出ていった。

　アナスタシアが役人に命じて、西の藤和にも遣いを出した。

「屋敷に戻る前に、あの男にも詳しく話を聞く必要があるな」

　アナスタシアと義英は再び馬車に乗って、屋敷の隣にある役所の地下牢に向かった。空は西側の朱色と、東側の紫が混在していた。白い月も浮かんでいる。

　大通りには、軒先に提灯《ちょうちん》を照らしている店が増えた。

　地下牢も、灯《あか》りに照らされていた。牢の奥には、浩宇と紹季の姿があった。それぞれ別の牢に入れられている。アナスタシアが速足で紹季の前にむかった。格子越しに、紹季の名を呼ぶ。

「そなた、両親は本土の人間だそうだな！　島生まれで島育ちであれば、領主の伴侶にもなれる。そなたの目的は、いったい何であったのだ？」

「私の知っていることはすべてお話いたしました」

「朱銀栄は捕らえる。その際になってお前の更なる罪が明らかになったら、国外退去だけでは済まぬぞ」

　紹季が沈黙した。どこか道化めいていた表情が、徐々に真剣なものに変わった。

「周子墨の命令で、有力者の黄《こう》家の娘に取り入っておりました。しかし、アナスタシア様の伴侶となれる機会が訪れましたので、朱銀栄と周子墨から、アナスタシア様に乗り換えて操れと命じられました」

　周子墨と朱銀栄はやはり繋《つな》がっていたのか。

「どのように朱銀栄と連絡を取っていたのだ」

「周子墨を介して、指定された場所に向かうと、朱銀栄に会えました。私から連絡を取る方法はありません」

「また嘘ではないだろうな！」

「今の私は口封じのために朱銀栄に命を狙われている身の上です。だから警備を厳重にしていただきたいと申し上げました。私は生きて本土に向かいたいだけなのです」

　アナスタシアが舌打ちをした。

「アナスタシア様！　娘はどうなったのでしょうか！」

　隣の牢から不安げな父親の叫びが上がる。

「娘は無事でしょうか！」

「天神島では、私が法だ。本土の人間であってもこの島の法を適用する。鈴玲は無罪だ。間者であるそなたは、常ならば禁固二十年から終身刑に該当する。だが、今回は一等免じて流罪で済ませてやろう。紹季と一緒に本土に送り返す！」

## 5

日が沈み、月の輝きが増した。空は黒に塗りつぶされた。義英とアナスタシアが領主の屋敷に戻って政庁で待っていると、半刻もしないうちに東西の頭目がやってきた。黒い絹の袍に亀の刺繍を施した真義と、白い絹の袍に虎の刺繍を施した藤和だ。二人とも真剣な眼差しで領主の前で膝をつき、同時に両手を合わせた。

「印章が見つかったと聞きました。まさか、真義が印章を失っていたとは」

藤和が鋭い視線で真義を見つめた。

「ああ、東に本土の間者が住んでいた。印章はその家にあった。盗んだ犯人はまだわかっていないがな」

「お渡しいただけると聞きましたぞ！」

真義が不満顔をして、アナスタシアをせかした。

アナスタシアが「持ってまいれ」と呼ぶと、石秀が台の上に印章を持って現れた。

「こちらにあります」

石秀の言葉に、真義の顔が明るくなった。

義英はアナスタシアの前に出て、石秀に「待ってくれ！」と告げた。

藤和は何一つ濁りのない瞳で、真義は邪魔をするなという瞳で、それぞれ義英を見つめてくる。

義英は大きく息を吸った。心を落ちつけると、きっぱりと告げた。

「条件がある。貴殿らは島民の代表だ、アナスタシア様を正統な領主として認めるならば、黒の頭目には印章を返し、さらに両名に捺印と署名を許す。アナスタシア様は、天神祭り、天神廟での幼子への祝い、武術大会と島の政をどれも無事に成功させてきた。領主としての日々の務めもきちんと果たしている。今回は更に、黒の頭目の印章も取り戻されたのだ。これ以上に、何を求めることがある？」

アナスタシアと石秀は、何を今さらと思っているだろう。天神祭りで、領主として認めると、東西の頭目は誓っているからだ。しかし、実は密契がある。一年の区切りをもって、その間に島民に認められなければ、東西の頭目で領主の座を争えばいいというものだ。義英は密契を言い出した身として、まさに今この島の平和を長いものにする機会を掴まなければならない。

義英の言葉に藤和は「なるほど」と頷いた。真義はしばらく顔を歪《ゆが》めていたが、「わかった」と言った。義英は心の内で、やったぞ、と拳を握った。

「我ら東西の頭目は、アナスタシア様を天神島の領主として、改めてお迎えいたします」

改めて東西の頭目が誓った。今度は本当の誓いだ。

「そなたたちの言葉は聞き入れた。私も、我が島の民のために領主としての役目を果たす。まずは、朱銀栄を捜すことだ。必ず捕らえる」

「私たちにお任せください」

黒の頭目と白の頭目が頭を垂れた。

「わかった。では、署名と捺印だ。石秀、用意せよ」

アナスタシアが領主の椅子に座しながら、石秀に命じた。

文章はアナスタシアが書いた。燈実が隣に立ち、文を声に出して読んだ。

本土の皇帝に対する挨拶から始まり、そのまま天神島の物語が綴《つづ》られていく。四方を海に守られ、神々によって生み出された奇跡のようなこの青色の島についてだ。人々はその恩《おん》寵《ちょう》の元、長きにわたって平穏に日々を営んできた。

先代の一人娘アナスタシアはこのたび、領主の座に就くことになった。まだ齢《とし》若いが心配はいらない。代々受け継がれてきた領主の血筋と神々の導きによって、アナスタシアの下で島はこの先もますます富み栄えていくであろう。

願わくば本土にもこの僥倖《ぎょうこう》が隅々にまで満たされんことを。民の平和こそが我らの求めるものであるのだから――。文書はそう結ばれていた。

まずはアナスタシアが名を記して、龍の文様の印を捺《お》した。義英はふと、アナスタシアの背中には龍と双頭の鷲《わし》の刺青《いれずみ》が入っていると聞かされたことを思い出した。龍の刺青は、領主として相応しいが、双頭の鷲はいったいどのような意味があるのだろう。

だが、それを今この場で聞くこともあるまい。

石秀が西の頭目である藤和の前に密契。これは、黒の頭目よりも、白の頭目を上位に見ているという証《あか》しだ。印章を失くしていた黒の頭目は、白の頭目よりも信用を失ったことになる。真義の表情は変わらないが、何も感じていないのではあるまい。

藤和が署名して、虎の文様の印を捺した。次に、真義が署名して、亀の文様の印を捺した。

「では、明日の船に私からの使者を乗せ、本土の皇帝まで届けるよう手配する」

アナスタシアが宣言をした。

何も言わず、藤和と真義が拝礼をした。

これで、アナスタシアは真の領主と認められたのだ。

義英は嬉しく思ったが、問題が残っている。誰が印章を盗み出したか、本土の間者たちはどれだけ深く島に潜入しているのか。

# 6

「それでは、我らは屋敷に戻り、朱銀栄捜索の指揮を執ります」

藤和が言うと、アナスタシアが頷いた。

「役人も派遣しよう」

「いいえ、それには及びませぬ。西のことは西の民が、東のことは私どもが、最も良く知っております。捜し始めればすぐに見つかるでしょう。どうぞ屋敷で報告をお待ちください」

自信に満ちた言葉だった。アナスタシアは眉を寄せたが、

「わかった。委細は任せよう」

と言った。ここで東西の頭目のやりかたに不満を言えば、せっかくの融和が台なしになりかねない。

しかし、融和も大事だが、朱銀栄を捕らえることも重要だ。

藤和と真義が屋敷を出たあと、アナスタシアは政庁で領主の椅子に座ったまま、東西の頭目が逐次送ってくる報告を聞くことになった。

義英はアナスタシアの部屋に行き、匿《かくま》われていた鈴玲に事の顛末《てんまつ》を話した。この件は不幸

な事故であり、元々殺すつもりなどなかったのだ。鈴玲が無事自由の身になれたのはいいことだ。

「ありがとう、助けてくれて。領主様にも感謝いたします。でも、母が死んだのは、私のせいだと思います……」

鈴玲は袖で目尻を拭った。真剣な面持ちに、義英は首を振った。

「そんなことないよ。断言できる！　それよりも、これからどうする？　酒楼を継ぐのかい？」

「いいえ。私はこの人と一緒に、父について本土へ行く」

鈴玲と恋人は手を強く握りあった。

一人よりも、心が通じる人と側にいられるほうが幸せだよな。

義英の脳裏にはアナスタシアの姿が浮かんだ。

アナスタシアのように何でも言い合える女性には初めて出会った。心が通じるというよりは、すべて見透かされているような心地になることが多いが、アナスタシアの側にいると一人ではないと思える。

先代を失ったあと、一人で生きることに疑問を持つこともなかったのに、今では離れることを想像すると寂しいとさえ感じる。

「そっか、そう決めたなら、それが良いね」

「ええ、きっと」

鈴玲が泣き笑いのような表情をした。

鈴玲は一度自宅へ戻って、荷造りをしてから港に向かうと言って婚約者と出ていった。

義英は再びアナスタシアの所に戻った。

刻々と時間が過ぎていくが、見つかった報《しら》せは届かない。

夜明けまで、あとわずかしか時間がない。

「アナスタシア様はお休みください」

石秀が言うが、アナスタシアは拒んだ。

「明日の船に乗られては、逃げられる。今夜中に見つけなければならない」

東西の頭目は、いったい何をしているのだろう。

義英は政庁を飛び出して、屋根に登った。松明《たいまつ》の灯りが方々に見える。高いところから見ていると、灯りの描く線は、東西で散り散りに動いており、やみくもに捜しているように思えた。これまで諍《いさか》いなどほとんどない、平和な島だったのだ。限度があるのは仕方がない。これなら、自分だったら捕まらないと義英は思った。このまま明日の出航まで隠れて、手形を持つ者を殺し、その人物に成り代わられでもして船に潜り込みさえすれば逃げ切れる。

結局、朱銀栄が見つからぬまま朝になった。

# 7

義英は、輿《こし》に乗ったアナスタシアの側を歩き、港に向かった。先導するのは石秀だ。輿の反対側には、旅支度をした燈実以下使者一団が続いている。列の最後には、紹季と浩宇、ほか何人かが役人に手を縛られた姿でついてくる。

さらに左右には黒の頭目とその息子たちが、配下を連れ従っている。

港には、本土へ向かう船に乗ろうとする者たちが集い始めていた。

石秀が人払いを命じる。役人たちが声をかけて、周りの者たちに場所を開けるよう告げた。輿は港の中央で降ろされた。

アナスタシアが外に出る。領主だと気づく者がいた。ざわめきを聞いて、初めてこの地を踏んだ時とは随分変わったと感慨深い思いを抱いた。役人と東西の頭目の配下たちが、乗客を検め始めた。

燈実が、石秀と何かを話している。燈実の石秀を見る眼差しには、憧憬が含まれているように義英は感じた。皇帝に親書を渡すのは領主の臣下として重要な役目だ。並の者では務まらない。石秀たちの期待の大きさと、それに応えようとする燈実のひたむきな気概が伝わる。

　アナスタシアが難しい顔をして、青い海を睨《にら》んだ。

「義英、どうだ、帰りたくなったか？　想像していたよりも、問題は山積みだろう？」

　アナスタシアの突然の問いかけに、義英は驚いた。アナスタシアの表情は固い。

「どうして俺が？　俺はこの島でアナスタシアを支える。一人では戦わせないよ」

　義英が断言すると、アナスタシアはにやりと笑って、「それは重畳」と朗らかに笑った。

　なんだか、翻弄された気持ちになった。もしかしたらアナスタシアも悩み惑っているのかもしれない。義英は思わず口にして言った。

「俺のことは、試さなくてもいいよ。裏切ったりしないし、約束は守る」

「うん。そうか」

　アナスタシアが微笑んだ。晴れやかな笑顔に、義英の鼓動が速くなる。

「不安になったら、その都度、聞いてくれてもいいけどさ」

「思い入れを抱くと、そのぶん、別れが辛《つら》くなるからな。……親父殿も、別れを受け入れられなくて、島に来なかったのだろう。今は少し、その気持ちもわかる」

　アナスタシアが本土の方角を見た。

「領主様、義英様！　父を本土に帰してくださるとのこと、本当にありがとうございます」

背中に布包みを背負った鈴玲が、手提げ鞄《かばん》を持った恋人とともに走ってきた。

義英は笑顔を浮かべると、二人に向かって進み出た。

「本土で、幸せになってくれ」

「ありがとう。あなたもね」

「俺は……うん、今の暮らしに、満足しているよ」

アナスタシアに関わり、騒動に巻き込まれたりしているが、自分で選んだことだ。アナスタシアに上手く使われていたとしても、悔しく思っても、嫌ではない。

港では、手形の確認と、厳重な警備が続けられている。

だが、船は刻限を大きく過ぎても現れない。朱銀栄も現れる気配がない。

「どうやら問題が発生したと思われますね」

石秀が淡々と言った。

「問題とは？」

「私たちがこれまで長い歴史の中で、守られてきた理由、ですよ」

「……海流に阻まれているのか？」

「それでしたらまだ良いですね。巻き込まれていたら沈没は免れません。いずれにせよ、何かが起きたはずです。珍しいことではありません。いずれ鳥が報せてくれるでしょう」

石秀の不吉極まりない予測に、アナスタシアの瞳が輝いた。

「つまり、朱銀栄は逃げそびれたわけだな！　ならば、まだ時間は残っている。昨夜のように、皆がそれぞれに捜していては埒《らち》が明かない。私が采配を執ろう。東西の頭目も今回は従うであろう？」

「もちろんです」

真義と藤和が揃って答えた。

「今は東西が団結しなければならぬ時だ。楽和と真進よ、東西の配下を連れて、指示に従って動くように」

「かしこまりました！」

「お待ちください！」

だが、その息子たちの言葉は揃わなかった。

「申し訳ございません。その前に、私は領主様に申し上げねばならぬお話があります」

「おい真進。事は一刻を争うってのに何だ？」

近づいた楽和に真進は何やら小声で囁《ささや》いた。短い一言に過ぎなかったが、楽和の顔色は一変した。

「お前っ……」

楽和がぐっと喉を鳴らして後の言葉を呑《の》み込んだ。黙ったまま、楽和は弟分に付き添うようにともにアナスタシアの前に進み出た。

アナスタシアは腰に手をあてていたが、自ら二人の元に近づき屈《かが》んだ。伏せたままの真進は顔を上げ、唇を動かす。アナスタシアと楽和だけが聞く会話がしばらく続いた。

「わかった」

アナスタシアは一度目を閉じ、すぐに開けた。

「何としても朱銀栄を見つけ出せ。その功をもってすべてが報われると思えばよい」

碧《あお》い眼差しを受け、真進は平伏した。上げた顔は既に落ちついたものになっていた。

「私はアナスタシア様に従います。この島の未来を考えてくださる領主様を、私は心からお待ちしていたのです。この命を懸けて、朱銀栄を必ずや捕らえます」

真進の言葉に、アナスタシアが頷いた。

「即刻城門を閉じよ！　西の山の手から、東の港に向けて、狩りを行うぞ！」

朱銀栄は、船を待って港の近くにいるはずだ。街の城門が閉ざされてしまえば、今から走って外に出ることはできない。

アナスタシアは石秀に命じて、西の山の手にある城壁へと役人を集めさせた。城壁はさすがに義英でも乗り越えられないほどの高さがある。

藤和と真義も配下の者を集めてやって来た。

軍議の場が設えられる。中央に置かれた台と、三脚の椅子だ。台の上には、天神島の地図が広げられている。入口から見て正面の席にアナスタシアが座し、西側に藤和が、東側に真義が座った。

義英はアナスタシアの席の左後ろに、楽和と真進がそれぞれの父親の背後に控える。石秀が地図の上に木製の駒を三つ置いた。龍と虎と亀と描かれている。アナスタシアが義英の名を呼んだ。

「駒を三つ、今いる場所に、龍を中心に横に並べよ」

義英は言われた通りに、駒を取り、まず龍を置き、左右に虎と亀の駒を置いた。

「人相書きは覚えたな？　これより、西から東に向かって、しらみつぶしに調べていくぞ。太鼓が鳴っている間は前進せよ。銅鑼《どら》が鳴ったら止まれだ、鐘が鳴ったら朱銀栄が見つかった合図だ。心してかかれ。鄭真義と董藤和は私の隣で、己の配下の動きを逐次知らせよ」

アナスタシアは、武官で組織した中央の群団と、右翼に楽和とその配下たち、左翼に真進とその配下たちを並ばせた。

「アナスタシア様の役人たちは、誰とともに動くのですか？」

「私の配下は石秀に預ける。義英もともに行け。だが、そなたは自由に動くと良い。どこに隠れていそうか、そなたならよくわかるだろう」

確かに、という言葉を呑み込んで、胸の前で両手を合わせた。

太鼓が鳴り始めた。領主の配下と東西の頭目の配下でできた群れは、大きな生き物のように思えた。義英は、天神島に来た時に聞いた、伝説の話を思い出していた。戦う虎と亀を、龍が包んで今の天神島ができたのだという話だった。神話の再現のようで、そこに加われることに、義英は奮起した。

銅鑼は鳴り続けた。山手から進んだ包囲網は、西の市場近くまで降りてきた。路地裏まで確認しろ、それだけじゃ駄目だ家の中まで検めろ、と次々に声が飛ぶ。

見つからないと焦る気持ちもある。だが、追われている朱銀栄の気持ちも、義英にはわかる気がした。いつかの日の自分のように。

あの時の自分のように、朱銀栄は船に乗り込むのだろうか。いや、それだけは阻まなければならない。殺された宋朱亞や周子墨のために、死を味わされた黄阿華のために。この島を治めようと努力するアナスタシアのために。

「いたぞ！　朱銀栄だ！」

声の上がった方角へ、義英は駆け出した。夜風が隣に並ぶ。小路を曲がり大通りに出ると、遠くを一人の男が走っていた。大きな箱を背負っている。覚えのある千駄《せんだ》櫃《びつ》だ。顔はまだ見えないが、義英には体の動きから察する物があった。

あの男、只者《ただもの》ではない。間違いない、あいつこそが朱銀栄だ。

義英は男のあとを追った。男との間が確実に詰まっていく。男は懸命に駆けているが、荷物を抱えているぶんどうしても不利になる。

銅鑼が鳴り響いた。朱銀栄発見の報せが、本陣に届いたのだ。これで、朱銀栄を包囲する動きに変わるはずだ。

「逃がさん！」

馬に乗った真進が、銀栄の前を遮るように現れた。男はためらわず、背負っていた千駄櫃を投げつけた。驚いた馬が棒立ちになり、悲鳴を上げて真進が落馬する。その横を男は駆け抜けていく。

尾をふくらませた夜風が走りながら見上げて鳴いた。

――このままでは被害が広がるぞ。いいのか王義英。

「いいわけないだろっ！」

義英はあたりに目を走らせた。道の両脇に並ぶ家々がある。修理のためか、そのうちの一つにはちょうど板が立てかけてあった。義英は板へ向けて走った。沓底《くつぞこ》で地面を強く蹴った。

板の上を数歩駆け上がり、義英は屋根の上に舞い降りた。

同じように屋根に飛び上がった夜風が先を行く。夜風の後ろを離れずに義英も駆けていく。道行く人を避けながら、時に突き飛ばしながら走る銀栄との距離はみるみる縮まった。

「ここまでだ！」

義英は屋根瓦を蹴り、宙を飛んだ。今まで振り返ることなく走っていた男にとっては、奇襲以外の何ものでもなかったはずだ。

義英は旋回して、足先で男の頭を痛打すると、もう片側の足首で、男の首を捕らえる。

「ぐわっ！」

足首に引っ掛けた首筋を捻《ね》じって、男を地面に引き倒した。人相書き通りの男、朱銀栄だった。義英はそのまま銀栄の腕に足を絡ませた。関節を捻《ひね》ると悲鳴が上がった。もがく銀栄の体に、追いついた役人たちが次々とのしかかった。最後は体が見えなくなるほど、銀栄は確実に捕獲された。

よし。これならもう逃げられはしまい。

義英は息をついて立った。ここからは石秀の役割だ。黒の頭目の邸宅からどのように印章を盗み出したのか、領主の指輪とともにどうするつもりだったのか。聞きたいことは山のようにある。

夜風が威嚇の声を上げた。

――愚か者め！

義英は我に返った。

「どいてくれ！」

義英は役人たちに向けて叫んだ。

「早く！　もしかするとこいつは！」

訝《いぶか》しみながらも役人たちは朱銀栄の上から体を退け、皆が絶句した。

捕らえたと思ったはずの男は、口の端から血を流して息絶えていた。

## 8

「朱銀栄は、隠し持っていた薬を飲んで死にました」

政庁で、石秀がアナスタシアと東西の頭目に報告をした。

アナスタシアが片手を軽く上げた。

「わかった。だが、間者を取り逃すことはなかったのだ。そなたらはよくやった、ご苦労だった」

東西の頭目は息子たちとともに安堵の表情を浮かべている。ただ、真進は暗い顔だ。アナスタシアのもとにやってきて、拝礼をした。

「お約束したのに、私は何の功も挙げることができませんでした」

「気に病まずともよい。済んだことだ」

硬い表情の男にアナスタシアは柔らかな笑みを向ける。

「そなたにはまだこの先がある。今日挙げられなかった功績は明日打ち立てればよい。それともおぬしは、明日はもう我が元におらぬつもりか？」

「とんでもない」

「ならば前を見よ、鄭真進。もう過去を振り返ってはならぬ」

真進が「はい」と花のように微笑んだ。美しい顔だ。

東西の頭目が帰ったあと、石秀がアナスタシアに告げた。

「朱銀栄が投げた千駄櫃には、複数の毒薬と、島の官服と鬘《かつら》が入っておりました」

義英はアナスタシアの指にあるサファイアを見た。やはり、天神廟の中に入り込まれ、混雑を利用して盗みを働いたのだろう。

「私としたことが、人を見る目には自信があるのに、やられたのか」

「俺だって、……盗みを見逃してしまった」

「後悔なさるなら、お二人でどうぞ。私は失礼いたします。朱銀栄が官服を着て、他に何かやっておらぬか、屋敷を検めさせます。あと、船の未着についても後ほど報告いたします。船荷をあてに商談を予定していた者たちへの補償を考えねばなりませんし、乗客たちの今日の宿も手配してやらなければ」

石秀が政庁を出ていった。義英はアナスタシアと二人きりになった。

「なぁ、真進兄さんの話って何だったんだ？　俺にも話せないっていうなら、それでいいけど……」

アナスタシアが手招いたので、義英は一歩近づいた。唇が耳に寄せられる。体温を感じて、義英は体を跳ねさせた。

「うわっ」

「叫ぶな。びっくりするだろう」

アナスタシアはそう言うと、再び耳元で囁いた。

「印章を盗んだのは真進だった。父親が領主の座を簒奪《さんだつ》しようと企んでいることに危機感を覚えて書斎から奪い去ったのだと。周子墨に声をかけられて、本土と手を組み、私を失脚させられたら、属国となるが主権を握らせてもらえるとも約束されていたそうだ」

「なんだって？」

「だが、平和な天神島に次々と死体が転がる現実を見て、本土と手を組む危うさに気づいたらしい。印章をどう返そうか考えた結果、子墨を告発して、印章とともに私に届けようとした。けれど、子墨は死んでいた。だから、子墨の机の抽斗から見つけたかのように振る舞ったのだと言っていた」

「そ、そうか。……そうなのか」

心臓が飛び出しそうだ。アナスタシアの吐息とともに声が吹きこまれた、顔が赤くなっている気がする。だが、確かに人に知られて良い話ではない。

「この話は当面我らの間だけの話とする。石秀にも今は言わずにおこう」

「どうして？」

「この話は真進にとってでき過ぎていると言われかねない」

アナスタシアの顔には何の感情も浮かんでいなかった。腕を組み、顎の下に手をあてて独り言のように話を続ける。

「まず真進が黒の印章を盗んだのは事実だ。この件だけでも本来ならば言い訳はできぬ。島を想《おも》ってのことと言うが、私利私欲の思いに駆られただけだと言う者もあるだろう。もし私が領主として認められなければ、そのまま本土と手を組んでいたはずだとな。改心して告発する気になったのは、単に時流を読んで身の保身を考えただけかもしれぬ。もしかすると子墨を殺したのも彼ではないかと言う者も出てくるだろう。都合が悪くなったから消しただけだと」

「アナスタシアはそう考えてるのか？」

「可能性の話をしているだけだ。私は万能ではない、すべてがわかるはずなどないよ」

義英から問われても、白い顔は動じない。ただ、そこに喜びはない。サファイア色の瞳は今何も映していない。

「そういう物の見方もできる。それだけだ」

「それはそうかもしれないけどさ。でも」

「……でも？」

「でも、真進兄さんが、アナスタシアを選んだのも事実じゃないのか」

もし真進が敵になっていたら、その時何が起きたかは考えたくない。流された血の量はきっと、今回をはるかに上回っただろう。

真進は天神島の未来を担う一人だ。葛藤の末ではあってもその人が、アナスタシアを認めてくれたのが嬉しかった。アナスタシアを支えてきてよかったと義英は改めて思った。

「そうだな」

和らいだ碧いの目が義英を見た。その顔はもういつものアナスタシアだった。

「だが、未だ天神島には間者がいるであろうし、狙われ続けるだろうな。しばらく本土には帰れなさそうだ」

アナスタシアが「やれやれ」とこぼした。

「なんだよ、帰る気なのか？」

「いや。当分は留まろう。……賭けよりも、本よりも、生きている人間が最も複雑で、面白いとわかったからな」

アナスタシアが、ふふと微笑んだ。

「そなたも、私の側にいるのだろう？」

「あたりまえだ。俺は、アナスタシアの側に、最後までいる」

「それなら、良い」

――よかったな。

夜風がアナスタシアの足にするりと触れた。アナスタシアが歓声を上げた。さらに追いかけるが、夜風は政庁から出ていった。

「ああ、夜風ちゃん……。み、見たか義英。私にふ、ふ、触れてくれたぞ」

アナスタシアが政庁の扉を出て、夜風が消えた方角を見ながら頬を染めている。

「ああ。そうだな」

「間違いないのだな。あの夜風ちゃんが……、夜風ちゃんが！　この私に！　ようやく！」

感動に打ち震えるアナスタシアを見ながら、可愛いなと義英は思った。

# 終章

# I

善載《ぜんさい》二年の二月五日、陽光は暖かく、風が心地よく吹いていた。義英《ぎえい》は水色の袍《ほう》を着て、夜《よ》風《かぜ》とともに、人が住む地域から離れた、なだらかな丘にいた。側には赤い髪を金の簪《かんざし》で飾ったアナスタシアがいる。濃い藍色に染められた袍は襟と袖が紫になっており、金と銀の糸で龍が刺繍《ししゅう》されている。天神祭りの時に廟で見たアナスタシアの父親の物に似ているが、これはアナスタシアの体に合うよう新しく仕立てられた衣だ。

アナスタシアはまっすぐに前を向いていた。義英も、その視線の先を見る。日当たりの良い場所に墓石が並んでいる。代々の領主たちが眠っているのだ。

そのうちの一つは今、大勢の役人たちの手によって掘り起こされている。

「アナスタシア様！　こちらへ！」

燈実《とうじつ》が声を張りあげた。役人たちが墓から棺《ひつぎ》を引き上げた。

梓《あずさ》で作られた小ぶりな棺を開ける。中には、白骨化した男性の遺体が入っていた。

「変わり果てましたね、親父殿」

アナスタシアが呟《つぶや》いた。その声には、憎しみも、悲しみも、喜びもなく、ただ切なさがあった。

「石秀《せきしゅう》、あれを」

呼ばれた石秀が進み出て、小箱をアナスタシアに手渡した。手のひらに乗る程度の大きさだ。蓋には双頭の鷲《わし》の意匠が凝らされている。

義英はアナスタシアの背中にある刺青《いれずみ》の話を思い出した。龍の刺青とともに双頭の鷲の刺青もあると聞いたが、西域に故国をもつ母親の家柄に由来するものとみえる。

アナスタシアは棺の前に膝をつくと、小箱を開けた。

「寂しがりで、弱い。それがあなたなんですね。そういうところが理解できませんでした。けれど、今はもう、親父殿に託せます。母もきっと喜ぶでしょう。お二人で幸せになってください。これからは二人でここにいる私を見守ってください」

小箱から、一房の赤髪を取り出して、アナスタシアが遺骸の側に置いた。

アナスタシアの母の遺髪だ。アナスタシアがこれまで密《ひそ》かに持ち続けてきた物だ。

病気になった母の元を訪れず、そのまま死なせた父のことを、アナスタシアはこれまで許せなかったと言っていた。

共感する必要などはない。アナスタシアはただ父を理解した。そうして、自身にとっても大切な母の遺髪を手放して、父とともに埋めてやる決断をした。

そういうところが、強いなと思う。だが、アナスタシアは何も感じていないわけではない。アナスタシアなりに悩んでの決断だともわかっている。だからこそ、支えていきたいと思う。

アナスタシアは棺を再び埋め戻させると、皆に命じて天神廟《てんじんびょう》へと向かった。

馬車の中で、アナスタシアが義英に呼びかけた。

「私は、愛しているなら、最後まで見届けたいと思う」

「いろんな人がいるさ。でも、俺も、アナスタシアと同じ考えだよ」

義英は膝の上に乗る夜風の背を撫《な》でながら、アナスタシアに答えた。

「本土は、まだ色々としかけてくるだろうな」

「だが、帰るなんて言わないだろう？」

アナスタシアはふっと笑って、沈黙した。

まだ、迷っているのだろうか。

天神廟では、すでに使節団が待っており、東西の頭目とその息子たち、島民と、船に乗ろうとする者が揃《そろ》っていた。大勢の群衆を見て、義英はアナスタシアに目を向けた。涼し気な顔をしているが、どうするつもりなのだろう。

先日到着する予定だった船は難破していた。鳥がその日のうちに知らせてくれたが、遭難者の捜索に二日、その間次の船を仕立てるのに一日、潮流を乗り切って島に辿《たど》り着くのに今日までかかった。

荒れた過去があり、未来はまだ見定められない。皆はそれを知るために集っている。

天神島の民の視線は、ただひたすらアナスタシアに向けられていた。

藍色の袍をひるがえし、アナスタシアが天神廟の前に立った。義英は夜風とともに、アナスタシアを見守った。ふと、目が合った気がして、思わず息を呑《の》んだ。群衆の一番前にいても、感覚が確かなものであったかはわからない。夜風に尻尾で脛《すね》を叩《たた》かれて、義英は動じるなと胸を押さえた。

「我が民に告ぐ」

顎を上げ、アナスタシアは凛《りん》とした声で宣言した。

「先日の船の難破は不幸な出来事であった。この島は神々が司る海によって守られているが、彼らは決して我らを甘やかすのではない。もし我らが道を踏み外せば、たちまち波は牙となり我らを大渦の中に引き摺《ず》り込む。今回はそのことをお示しになったのだと思う。このたびの騒乱はひとえに私の不徳の致すところ。私の非力が敵を呼び寄せ、この島にあってはならぬ凶事を引き起こした。そのことをまず詫《わ》びると同時に、この騒ぎで命を落とした者たちの冥福を祈る」

義英は顔が熱くなった。

アナスタシアの堂々たる言葉に、島民たちは聞き入っている。

「領主としてここに宣言する。我が望みはこの島に住む者全てが平穏に日々を過ごすこと。ただ一人であろうと、苦しみも悲しみもあってはならぬ。そのために私は力を尽くそう」

海の色と同じ瞳が、燈実たちを見据えた。義英はアナスタシアの言葉に、鼓動が高鳴るのを感じていた。

「このたびそなたらを本土に派遣するのはそのためだ。必ず皇帝に親書を渡し、返事を受け取ってくるように」

「ご命令必ずや果たして参ります！」

「また、このたびは我らが民ばかりではなく、本土からの客人にも死者が出た」

アナスタシアの目は次に、使節団の後ろにいる者たちに向けられた。全員が手に枷《かせ》をはめられている。本土送りとなる者たちだ。

「不幸であったとしか言いようがない。荼毘《だび》に付しこのまま島に埋葬することもできるが、やはり本土が恋しかろうと思ってな」

アナスタシアの背後に控えていた役人が、白の布に包まれた箱を持ってくる。

「彼らはそなたたちに託す。本土で帰りを待つ家族たちに引き合わせてやるがよい」

罪人たちは全員身を竦《すく》めた。遺骨を持ち帰ることは任務が失敗に終わった証拠だ。涙ながらに感謝されるばかりではあるまい。

　また、この処置は本土に対する痛烈な通告にもなる。今後密偵をいくら送り込もうと、皆こうして送り返すぞという意味だ。少なくとも首謀者と目される宰相は方針を改めるだろう。それが果たして島にとって吉と出るか凶と出るか、まだ誰にもわからない。

　それでも、アナスタシアの表情は揺るがない。背負うものの重さを微塵《みじん》も感じさせないまま、朗々と声を上げ、群衆にむけて話し続ける。

「私は見ての通り女であり若輩者だ。外からはまだこれからも侮られることだろう。もしかするとまたこの島に手を伸ばそうと思う者も現れるかもしれない。無論その企みを甘受するつもりなど毛頭ない。二度と同じ轍《てつ》は踏まぬ、一人の犠牲も出さず跳ね除けてみせよう。そのためにも」

　アナスタシアが息を吐いた。毅然とした顔で自分の前に立つ民を見る。

　私に力を貸してはくれぬか――アナスタシアの表情は、そう言おうとしているように思えた。

「最後までつき従います！」

　義英の叫びが広場に響き渡った。アナスタシアが驚いた顔をしている。だが義英の心は定まっている。アナスタシアがその気になったのなら、どこまでだって一緒だ。

「我ら白の民も奮起いたします！」

「黒の民とて力の限り！」

藤和《とうわ》と真義《しんぎ》の声が同時に発せられた。これを機にこの場にいる者たちが次々と己の思いを声にする。

「アナスタシア様につき従います！」

老若男女を問わず、島の民全てが忠誠を誓う。もはやここにいる者は西域から来た赤毛の娘ではない。この島を統べる正統な領主だ。

この瞬間をもって、アナスタシアはこの島に君臨するただ一人の存在となった。

微笑んで、アナスタシアが頷《うなず》いた。

心は、決まったとみえる。

アナスタシアは威厳のある風格で、港まで向かった。

空は澄み渡り、海は輝いている。

新しい船は出航していった。義英はアナスタシアの隣に立ち、夜風を肩に乗せながら、船が水平線の彼方《かなた》に消えるのを見届けた。

義英はようやく居場所と生きる目的が定まったと思えた。『彗星王《すいせいおう》』は大義のために時として罪を犯すが、天神島では『王《おう》義英』としてアナスタシアを支えながら、正々堂々と民のために尽くせる。

脳裏に、天神祭りや武術大会、祝福を受けた子供たちの顔が脳裏に浮かんだ。漠然とした誰かではなく、領主のアナスタシアとともにこの島の皆の役に立つ男となる。それはとてもやりがいのある使命に思えた。

（了）

この物語は中国の清朝時代に着想を得たファンタジー作品です。
本作品は書き下ろしです。

著者　小《こ》島《じま》環《たまき》

2021年　9月25日　初版発行

発行所　株式会社二見書房
東京都千代田区神田三崎町2-18-11
電話　03（3515）2311〔営業〕
03（3515）2313〔編集〕
振替　00170-4-2639

印刷・製本　株式会社堀内印刷所

落丁・乱丁本はお取り替えいたします。
定価は、カバーに表示してあります。


ISBN978-4-576-21138-1

# 星《ほし》の落《お》ちる島《しま》